诺贝尔文学奖作家作品

米佳的爱情

MITYA'S LOVE

［俄罗斯］伊凡·亚历克塞维奇·蒲宁　著

耿乐群　译

北京出版集团
北京出版社

图书在版编目（CIP）数据

米佳的爱情 /（俄罗斯）伊凡·亚历克塞维奇·蒲宁著；耿乐群译. — 北京：北京出版社, 2020.10（2024.5重印）
（诺贝尔文学奖作家作品）
ISBN 978-7-200-14472-7

Ⅰ. ①米… Ⅱ. ①伊… ②耿… Ⅲ. ①中篇小说—俄罗斯—现代②短篇小说—俄罗斯—现代 Ⅳ. ①I512.45

中国版本图书馆CIP数据核字（2018）第253804号

诺贝尔文学奖作家作品
米佳的爱情
MIJIA DE AIQING

[俄罗斯] 伊凡·亚历克塞维奇·蒲宁 著
耿乐群 译

*

北京出版集团
北京出版社 出版
（北京北三环中路6号）
邮政编码：100120

网　址：www.bph.com.cn
北京出版集团总发行
新华书店经销
北京华联印刷有限公司印刷

*

889毫米×1194毫米 32开本 6.5印张 151千字
2020年10月第1版 2024年5月第2次印刷
ISBN 978-7-200-14472-7
定价：39.80元
如有印装质量问题，由本社负责调换
质量监督电话：010-58572393
责任编辑电话：010-58572757

作家小传

伊凡·亚历克塞维奇·蒲宁（Ива́н Алексе́евич Бу́нин，1870—1953），出生于俄罗斯的沃罗涅日市，他的家庭原本富裕，只可惜家道中落。为了生计，蒲宁年轻的时候曾做过很多工作，先后在图书馆担任管理员、在政府部门担任统计员、在报社做杂活等。

蒲宁自幼就对文学创作充满了兴趣和热爱，并将普希金、莱蒙托夫等俄国诗人视为偶像。17岁那年，蒲宁在大哥的帮助下开始写诗并尝试发表，从此一发而不可收。从蒲宁早期创作的诗歌作品中，比如1887年创作的《献在曼德逊的墓前》，可以明显地感受到他对在故乡度过的童年生活的强烈热爱。之后，在1891年，蒲宁发表了《在露天下》，这是他的第一部诗集。1901年，蒲宁发表诗集《落叶》。1903年，蒲宁成功翻译出版了美国诗人朗费罗的长诗《海华沙之歌》。同年，10月19日，蒲宁荣获了由俄国科学院授予的普希金奖。

在19世纪末期，蒲宁的文学创作发生了转变——他将屠格涅夫、列夫·托尔斯泰等作家视为偶像，开始尝试创作小说，在塑造人物与描写社会的过程中,他成功运用了俄罗斯传统的现实主义创作方法。从那个时候开始,一直到十月革命爆发前,蒲宁写出了一系列优秀的中短篇小说,比如1895年的《荒野》、1900年的《安东诺夫卡苹果》、1912年的《最后一次幽会》、1915年创作的《旧金山来的绅士》等。其中,1910年的中篇小说《乡村》,使得蒲宁的写作视野获得了极大的拓展。在这部作品中,蒲宁以当时的俄国农村生活为背景,通过对农民的悲惨遭遇的刻画,深刻揭示了俄国社会的实际状况。

1909年,蒲宁凭借自己所取得的文学创作成绩,成功当选为俄国科学院院士。1920年离开俄国,远赴巴黎,开始了一段侨居生活。后来,虽然蒲宁曾在1939年和1940年先后向身在苏联的相关作家写信,表达了自己想要回到祖国的强烈愿望,但由于当时苏德两国爆发了战争,他回国的愿望没能实现。在侨居期间,蒲宁坚持写作,创作出了一系列优秀的作品,比如在1924—1925年创作的《米佳的爱情》、1927—1933年创作的《阿尔谢尼耶夫的一生》等。1943年,蒲宁的小说《暗径》出版。在垂暮之年,蒲宁针对苏联文学的发展状况,于1950年创作了《回忆与描写》,在其中表达了自己的种种看法。蒲宁还曾在1937年撰写了评论文章《托尔斯泰的解放》和《啊,屠格涅夫》,后者的残稿在1955年得以出版。

1953年11月8日,蒲宁在巴黎因病去世。

授奖词

瑞典学院常任秘书　帕尔·哈尔斯特伦

直至今日，伊凡·蒲宁所经历的文学创作过程，依然是十分清晰明了的，其中没有半点复杂的成分。蒲宁在一个败落的农村地主家庭出生，在他出生时，俄国的文化环境出现了一定的变化，主要表现就是：俄国文学将从民间吸收而来的文化传统作为发展的主导因素，并在欧洲文坛上取得了一定的成就和荣耀，甚至最终引发了一场声势浩大的政治运动，而蒲宁正是在这样的文化环境下长大的。在蒲宁生活的时代，由于农奴的反抗损害了地主的颜面，因此后者感到非常愤怒，他们联合起来镇压农奴的反抗。很多年后，人们为这些地主起了一个戏谑的称号——睿智的地主老爷们。没过多久，在这场由地主自身引发的动乱中，许多人丧失了财产甚至是生命，按照常理来说，他们的行为会因此获得更加崇高的"称赞"。

对于蒲宁在青年时期的经历，除了他的家人，没有人了解。根据家人回忆，比起陷入为国家、为人民充满担忧的状态，蒲宁更愿意沉醉在无法实现的幻想之中，并且只有投身诗歌的世界里，他才可以从中体会到自身与过去的联系。有一点是毫无疑问的，那就是蒲宁还在学校读书时，就对托尔斯泰体恤穷人的做法感到无比认同，为了让自己可以像其他人那样，靠自己的能力生存下去，蒲宁特意跑去学习制作板桶——就在一个非常热爱辩论的教友家里（制作板桶虽然看上去并不复杂，然而做好的前提是你务必要掌握其中的诀窍，所以比起这门技术，蒲宁完全可以找些更容易的技术来学习）。

在一位友人的帮助和指导下，蒲宁开始戒荤吃素，以此来对人们口中的"肤浅的利益"做出反抗，同时让自己拥有更高深的精神世界。当蒲宁朝着托尔斯泰的获胜之路走去时，他可以清楚地感受到自身的成功或是失败。这一路上虽然遇到了许多摆放着食物的摊位，蒲宁却下定决心绝对不会为眼前的各种各样的食物而沦陷，只不过，当他从一个卖酱肉的摊位前经过时，他却再也无法控制自己了，于是他疯狂地吃了起来。吃饱以后，对于自己未能遵守约定一事，蒲宁进行了如下的辩解："事实上，我心里清楚地知道，我并不受这些酱肉的控制，它们也不能对我产生丝毫的约束，相反，是我本人想要让它们表示臣服。至于吃或者不吃这些酱肉，我可以自由地进行选择。"结束这段辩解以后，蒲宁感到非常不好意思，他也没有脸面再和他的搭档们一起前行了。

面对蒲宁对宗教所表现出的几近疯狂的热爱，托尔斯泰看上去并没有多在乎，甚至这样表述道："你渴望过上穷苦的日子吗？虽然这样的想法没有什么问题，但是，无论是在怎样的环境下，个体都可以拥有非常称心的生活，因此没有必要活得那么一板一眼。"接着，面对蒲宁选择进入创作诗歌的队伍，托尔斯泰再次表述道："噢，倘若你真的非常喜欢创作诗歌，那就无所畏惧地坚持下去，只不过，有一点你需要时刻牢记，那就是千万别将一生的精力全都放在写诗这件事上。"然而，对于托尔斯泰的劝说，蒲宁根本就不重视，并且在那之后，他始终通过写诗来维持生计。

蒲宁通过效仿古典诗歌的艺术风格，创作出了一系列以往日田园生活为描写对象的诗歌——通常，这些诗歌主要是对发生在田园里的幸福又伤感的生活进行刻画，并且很快受到了人们的关注。此外，蒲宁也在同一时期进行了散文诗创作，手法十分精准、真实且独特，通过饱含文采的文字，表达了对大自然的深切歌颂。于是，在文学创作这条道路上，蒲宁自始至终都坚持着写实主义的创作风格，而那些和他同时期的作家们，则开始沉迷于各种各样的文学创作流派，比如象征主义、新自然主义、原始主义、未来主义等，它们同属于当时"潮流"的文学创作风格。蒲宁所生活的那个时代，局势动荡、社会混乱，然而即使这样，他也始终坚持着自己独一无二的创作风格。

在蒲宁40岁那年，也就是1910年，伴随他的小说《乡村》的问世，他一下子名声大振起来。这部作品在读者中引发了热烈的讨论，甚至掀起了一场声势浩大的热潮。在《乡村》一书中，面对俄罗斯人信仰的实质——来自乡下的贫苦百姓，借着斯拉夫文化的自负之情，开始对自己的国家展开不切实际的想象，梦想着未来的某一天，自己的国家可以成为整个世界的统治者，蒲宁对这种幻想进行了深刻的揭示和强烈的批判；至于这群农民的品性，蒲宁则在书中进行了真实而又符合实际的描写。最终，《乡村》成为整个俄国文学史上最伤感且最残酷的小说之一，在俄国同类的小说还有很多。

对于农民是如何一步步败落下去的，身为作家的蒲宁并没有从历史的角度给出原因，相反，他仅仅是对书中两位主角祖父的死进行了简单的描写——他们遭受了庄园主爱犬的追击,最被终残忍地害死了。实际上,蒲宁描写的这个情节包含了某种先天的精神压迫,因此显得非常富有深意,让人感触颇深。面对这种精神压迫,蒲宁不仅没有丝毫的害怕,反而直截了当地将它揭露出来,从而向人们证实他那严谨的批判精神是真实存在的。在那个时候,随着第一次革命运动[①]的展开,不仅各个地方都被武装力量占据了,而且更为凶残的武力很快出现了。

针对这部作品而出现的各类翻译作品,之所以全都冠以小说的名称,正是因为找不到比这更贴切的名称了。实际上,和小说的艺术风格做比较的话,这部作品依然有很多不同之处。农民所表现出的武装行为组成了这部作品,甚至作者本人在任何一个细节上,都倾注了一定的深意。作者对并不是很重要的地方的点评,是相当丰富的,然而,对于细节之处的点评,反倒减少了很多。面对这样的点评,如果是来自国外的读者,肯定是不能理解的。这段时间,由于发生在作品中的事情始终存在并上演着,这部作品再次掀起一股热潮,无论是俄国人,还是从其他国家移居到俄国的人,全都将这部作品看作真实统一而又经久不衰的艺术楷模,认为它是古典主义的经典之作。

在部分短篇作品中,蒲宁依然坚持对农村生活进行刻画,除此之外,他偶尔还会全神贯注地以宗教为主题进行创作,如此一来,对于那些疯狂地沉迷于宗教的农民来说,这类创作对他们起到了很好的救赎作用。然而,除了对国家的深切喜爱外,对于托尔斯泰所

[①]1905年,彼得堡的工人组织"彼得堡工厂工人大会"决定组织一次和平请愿活动,于是上百家工厂的工人相继罢工。这次活动被称为"彼得堡工人武装起义"。——译者注

提倡的那些毫无实际意义的人道思想，蒲宁不愿再相信，并且在他看来，那样的举动仅仅是对国家以及自我的欺骗罢了。当看穿社会中的肮脏与邪恶后，对于乡村美好景象的刻画，蒲宁不再使用卓越的艺术手法，这样做似乎是为了他自身的安全，不过幸运的是，他本人依然可以自在地生活下去，没有任何束缚。

能够和《乡村》相提并论的作品，毫无疑问就是蒲宁于1911—1912年创作的中篇小说《干旱的溪谷》，虽然这部作品同样是以庄园生活为刻画对象的，但它却呈现出了完全不同的精神世界。《干旱的溪谷》从一个年迈的仆人——蒲宁曾与这位仆人住过同一间屋子——的回忆出发，着重描写了农奴制处于鼎盛阶段的发展情况，因此它刻画的并不是实际的生活。在这部作品中，身为作者的蒲宁显得非常消极。书中刻画的人物，一个个全都死气沉沉的，由于他们不能掌控各自的命运，只能肆意抱怨，看上去就像"蛮不讲理的妇人"一样。实际上，在《乡村》这部作品中，他偷偷表达出来的与农民自身相关的许多资料，我们是完全能够感受到的。只不过，照目前的情况来看，蒲宁的这些刻画依然是饱含诗意的，并且富有各不相同的感觉。这一点主要体现在两个方面：一方面，是对过去的事情进行了再一次的解构和协调，也就是对死亡进行了弥补；另一方面，对于这个将他的青春葬送掉的混乱不堪的世界，那位老仆人似乎依然对它抱有一定的期待，这可以从他满含期许的眼神中看出。只不过蒲宁所创作出的诗意的境界，完全来自他自身丰富的想象力，这才使得他的作品充满了生机与张力，整体的结构也非常紧密、细致。可以说，《干旱的溪谷》称得上是一部卓越的文学作品，具备非常高的艺术审美价值。

在第一次世界大战爆发前夕，蒲宁曾利用那几年的时间，去地中海沿岸的国家以及远东地区旅游。在这个过程中，他创作出了一批具有异国风情的中篇小说，其灵感完全源于他在旅途中的所见所闻。对于物质的渴望，西方人始终充满了野心，并且非常残忍，而东方人却总是一副精神萎靡、昏昏沉沉的样子，因此在旅途的大部分时间里，蒲宁总是经受着这种东西方之间文化的巨大差距。只不过，在面对印度尊崇的淡泊的出世观念时，蒲宁的内心偶尔还是会感到异常激动。第一次世界大战爆发后，蒲宁在1915年创作了《旧金山来的绅士》，其中饱含了他对整个世界的悲剧性的体悟，最终，这部小说成为他最负盛名的作品。

就像其他小说似的，为了让作品所包含的中心思想能够顺利表达出来，蒲宁在这部作品中，不仅竭力控制自己的情感，而且还对情节和人物进行了一定的简单化处理。蒲宁之所以会这样处理，好像是因为他有某些难以言明的原因，或许是由于这些角色非常容易惹恼作家本人，因此他才会刻意远离他们。在这部作品中，蒲宁刻画出来的那位美国富翁，不仅想要永久地索取钱财，而且还产生了再次树立权威的雄心壮志。只不过，他的这一系列行为看上去既可悲又搞笑，最终会让他的人生走向毁灭，就如同肥皂泡一般。似乎有这样一位法官存在，他对这位美国富翁进行了批判和审问。在对这个不幸的家伙的"样貌"进行刻画时，蒲宁向读者展现了一幅具有独特意义的画卷：这位富翁所要面对的对手正是大自然，它是真实而又肃穆的，没有丝毫的神秘之处——与人类的虚妄心进行的一场角力。伴随着蒲宁创作语言和节奏的变化，读者能够更加深刻地体会到这种神秘感背后的深意。虽然《旧金山来的绅士》很快就被看作是文学殿堂的经典之作，并在读者中广泛流传，但这并不是它唯一的价值。我们可以将它看作是为渐渐衰落的世界而敲响的钟声，也可以将它看作是悲剧作品中用来认定罪行的凭据,还可以将它看作是人类文化发展的变异体——因为它,整个世界才会拥有相同的遭遇。

虽然对蒲宁来说,祖国是至高无上的,然而当战争结束后,他却被祖国永久地驱逐出去了。在遭受残酷的压迫和伤害时,他必须做到一言不发。然而,当祖国彻底离他远去后,他内心的爱意却隐隐约约地复苏了。有时候,他会感到愧疚,认为自己有愧于祖国,有愧于人民。偶尔,对于他眼中的特别的"对手",也就是农民所犯下的罪行与过错,他会以十分深刻的缘由,进行悲伤而又犀利的描写。只不过,偶尔他又会充满期待,期待自己可以在一切让人厌恶的事物背后,发现些许难以泯灭的人性,这种期待饱含了旺盛的生命力,因为他是通过自然的力量来表述的,而并非是通过精神层面的压迫。《上帝之树》是一篇自我解剖式的文章,蒲宁在文中讲道:"作为上帝培育的一棵树,我意识到原来当风朝哪个方向吹时,我就会随之摇向哪个方向。"对于过去,蒲宁正是通过这样的形式进行道别,并一直走到了今天。

在蒲宁看来,俄国所拥有的辽阔的自然,为他提供了源源不断的创作灵感,并且在此之后,他也是从这样的大自然中,再次获得了创作的乐趣和渴望。在1924—1925年他创作的《米佳的爱情》这部作品中,对于年轻一代的感情生活,蒲宁对其中复杂多样的心理世界进行了细致入微的分析与描写,比如情感的体验以及内心的真实状态等。这部作品再次回到了传统文学的视角,并从多个角度对死亡进行了指责,虽然这样,它却依然在俄国掀起了一阵热潮。紧接着,蒲宁创作的《阿尔谢尼耶夫的一生》得以出版面世。由于这部作品几乎可以看作是一部自传,因此与之前相比,蒲宁能够更加深刻地对俄国人的日常生活进行细腻的描写。在这部作品中,蒲宁所拥有的独特技能——对俄国物产丰富的农村景象的完美刻画,简直体现得淋漓尽致。

对于伊凡·蒲宁在俄国文学史上所占据的重要位置,人们心中早就有了一个答案,并且全都赞同他所产生的长远影响。自19世纪起出现的一切优良传统,蒲宁全都加以继承,并且不断地让它发展壮大;而他所坚持的细致而真实的写实主义风格,则更是绝无仅有的。作为一位极富抒情意蕴的作者,蒲宁的创作风格十分朴实,写作语言也十分简朴,根本没有丝毫华而不实的地方,正是因为这样,他的作品才会更加真挚、更加迷人,就算是翻译出来的版本,读起来也依然顺畅,就像是品尝了一杯醇香的美酒一般。蒲宁所拥有的独特而神秘的天赋,不仅让他在文学创作上展示突出的才能,而且还让人们对其作品产生了深刻而绝美的记忆。

蒲宁先生,由于时间有限,我只对您作品中的精彩之处进行了大概的介绍,如果有不完善的地方,还请您谅解。下面,有请您上台,接受瑞典学院授予您的荣誉,奖品将由本国国王代为颁发,此外,还请接受我们向您表达的诚挚祝福。

获奖致辞

伊凡·亚历克塞维奇·蒲宁

就在11月9日这天，身在法国普罗旺斯镇的我，突然接到了一通电话，在电话里我得知瑞典学院将这个奖项授予了我，当时，我正在乡下的一间陈旧不堪的小屋里住着。就如同别人身上发生了这件事一般，如果我将这天视为我人生中最振奋人心的一天，那的确是不能够的。曾经有一位著名的哲学家说，和扰乱人心的悲伤相比，就算是最让人兴奋的快乐，也显得微不足道。今夜的宴席，虽然我并不愿意回想起那些让我永生难忘的悲伤，但我依然想要表明一点，那就是在过去的这15年中，我所体会到的悲伤——当然这些悲伤绝对不是我个人所有的——远远超出了我所感受到的快乐。只不过，我在这个不起眼的科技"小家伙"——这是一通连接了斯德哥尔摩与格拉斯的长途电话——身上所感受到的如此逼真的快乐，是我在整个文学创作过程中从未体验过的，这一点我需要向大家坦白。这

1

个奖项最初是由贵国的阿尔弗雷德·诺贝尔创立的——他是一个卓越的人,对一名作家及其作品来说,能够获得这个荣誉,真是极大的荣耀。就像大部分的作家以及心怀抱负的人一样,在如此卓越而又公平的评委会的严格评定下,能够荣获这个奖项,我深感光荣,同时也对各位评奖委员表示诚挚的谢意。只不过,倘若在11月9日那天,我仅仅想到了我自身,那么我必定是一个无耻之人,这一点是需要指明的。在11月9日那天,我收到了数以万计的祝福和电报,我几乎就要被吞没了。只有到了夜深人静的时候,我才能静下心来,一个人思考瑞典学院做出的抉择——这其中究竟包含了怎样的深意?将这个奖项授予一个被流放的人,这还是诺贝尔奖设立以来的头一次。然而实际上,我不正是这个被流放的人吗?虽然我被流放了,却依然享受着法国给予我的热情关照,这样一来,我始终感觉自己亏欠了法国的恩情,似乎永远难以偿还了。不过,面对像我这样无拘无束的人,各位评奖委员依然能做出选择我以及我的作品的决定,这在本质上就是一个非常睿智的选择!在当今的世界,能够拥有这样一个完全独立存在的组织,是十分重要的。虽然坐在餐桌周围的人分别代表了不同的宗教、信仰以及观念,但毋庸置疑的是,此刻我们却仅仅因为一条真理而紧密团结起来,那就是:思想与内心的自由——这是文明诞生以来的馈赠。这样的自由,就如同一种信仰、一种规章制度一般,对作家而言是极为必要的。瑞典学院的各位成员,你们这一次的选择再次向人们证明:对自由的狂热追求,是瑞典整个民族所具备的一种诚挚的信念。

临近末尾,我打算对这次演讲进行一个简单的总结:我对贵国皇室、疆土、人民以及文学的敬爱之情由来已久,并非是今天才出现的。由于瑞典学院是在贵国一位出色的军人[1]领导下创立的,因此贵国成了整个世界上最闪耀的国家之一,贵国的子民也都对文学充满了热爱,并且发展成一种优良的传统。敬爱的国王,因为有了您的允许,像我这个异邦之人、这个狂放不羁的作家,才能获得瑞典学院颁发的奖项。请接受我诚挚的敬意与谢意。

---

[1] 古斯塔夫三世,于1771年登上瑞典王位,十分关注艺术与文化的发展,成立了瑞典学院和瑞典王家歌剧院。——译者注

目　录

米佳的爱情　1

　　一　2

　　二　6

　　三　11

　　四　15

　　五　17

　　六　23

　　七　26

　　八　30

　　九　33

　　十　38

　　十一　42

　　十二　45

　　十三　47

　　十四　51

十五　59

十六　63

十七　68

十八　70

十九　75

二十　80

二十一　87

二十二　90

二十三　92

二十四　96

二十五　100

二十六　103

二十七　106

二十八　111

二十九　116

骑兵少尉叶拉金案件　119

　　一　120

　　二　124

　　三　127

四　131

五　134

六　137

七　141

八　146

九　152

十　157

十一　165

十二　172

十三　176

十四　182

伊凡·亚历克塞维奇·蒲宁作品年表　185

米佳的爱情

一

对米佳来说，3月9日的到来，预示着他在莫斯科的幸福将要画上一个句号了。至少，现在的他是这样认为的。

米佳和卡佳在中午11点多的时候出门，一起顺着特维尔林荫大街向前走去。仿佛就在一瞬间，春天取代了冬天，光是站在太阳底下，就已经能感觉到热了。许久不见的云雀，好像早就带着属于春天的暖意和欢乐飞回来了。周围的一切似乎全都开始融化了，每个房顶看上去都是湿漉漉的，并且不停地往下滴落消融的雪水。扫院工们忙着清理各个角落的冰雪，有的正聚在人行道上，卖力地铲除路面的冰块，有的则站在房顶上，奋力地将厚重的积雪扔到地上……大街上的每个地方都挤满了人，看上去十分热闹。不同于地面，湛蓝的天空则显得非常宁静平和，洁白的云朵高高地挂在空中，如同一缕缕轻烟缓缓地朝四周飘散，最终彻底融入天空，消失得无影无踪。远远望去，普希金的雕像就屹立在正前方，他应该是在思考着些什么，脸上的神情善良而敦厚。雕像旁边是基督受难修道院，此刻正一闪一闪地发出亮光。这一天，卡佳的状态似乎非常好，她看上去十分可爱，既憨厚又温和，总是一边无比依赖地挽住米佳的胳膊，一边仰起脑袋盯着他的脸看，简直就像个孩子。米佳对此感到非常满意。由于这种被信赖的感觉实在是太棒了，米佳甚至有点儿开心过头了，只见他的脚步越迈越大，卡佳差一点儿就被他丢在身后了。

不久后，米佳和卡佳终于来到了普希金雕像附近，就在这时，卡佳开口说：

"每次你哈哈大笑的时候，总是会傻里傻气地张大嘴巴，完全就像个孩子，实在是太有趣了。但是你千万不要不高兴，我之所以会喜欢上你，就是因为喜欢你的笑。当然了，还有一点是因为你的眼睛，它看上去就和拜占庭人的眼睛一模一样……"

米佳听完卡佳的这番话，心里不由得感到一阵骄傲，同时还有些许的不满，不过他很快就将这些情绪以及脸上的笑容隐藏起来，努力装出一副镇定自若的模样，一边盯着眼前高高矗立的普希金雕像，一边亲昵地对卡佳说：

"说我像个孩子，其实你也一样，我们俩身上的孩子气似乎根本就不相上下。另外，你觉得我的眼睛长得和拜占庭人的眼睛一样，其实就好比我认为你的脸长得和中国皇后的脸一模一样，两者是相同的道理。只不过最主要的是，你们这些人全都被拜占庭、文艺复兴之类的东西吸引了……说到这里，对于你母亲的想法，我实在是想不明白！"

"如果你是我母亲的话，一定会将我锁在房里吧？"卡佳向米佳问道。

"不会的，我根本就不会让那些人迈入大门一步，无论是模仿吉卜赛风格、在那里惺惺作态的表演者，还是从画室、音乐学院以及

3

戏剧学校毕业的所谓的日后的人才。"米佳一边对卡佳说着,一边竭力地维持着自己脸上的那种平稳、亲昵以及淡定的神情,"布科韦茨基不是早就向你发出邀请,想和你一起共进晚餐,就在斯特列利纳饭店……还有叶戈罗夫,他不是承诺要为你做一尊裸体雕像,看上去就像是大海里缓缓消失的浪花……能够获得这样的宠爱和赏识,你心里肯定非常高兴,这些还都是你本人亲口对我说的。"

"我绝对不会摒弃艺术的,即使是为了你。"卡佳对米佳说道,"或许我确实会让其他人感到不舒服,就如同你常常挂在嘴边的那样。"然而实际上,米佳自始至终都没这样评价过她。"或许现在的我变糟糕了,但是无论我变成什么样子,你都应该接受。今天的天气这么好,就算是为了这个,我们也应该停止争吵,你也不要再心生嫉妒了!对我而言,你终归是一个独一无二的最佳选择,为什么你就不能理解呢?"虽然卡佳是以低沉的嗓音向米佳提问的,但她的语气却非常果断,甚至于当她和米佳对视时,还特意发出了撩拨的眼神,还表现出一副在思考着什么的神情,故意拉长音调念了以下两句诗:

有一个不为人知的秘密,正潜伏在我们中间小睡,
那枚戒指,早已由一方的真心送给另一方……

米佳的内心感到一阵刺痛,他确实是被卡佳的反应,以及她念的诗句伤到了。总而言之,在这一天之内,让米佳感到伤心、难受的事情还有很多。从某些层面来说,卡佳看上去要比米佳老练许多,所以往往(当然是情不自禁地,换言之就是非常坦然地)要比米佳表现得更突出一些,只不过,米佳却为此感到闷闷不乐,因为在他看来,这样的老练表明卡佳早已体验过某些见不得人的不良行为了。

至于卡佳说米佳傻里傻气的，就如同一个孩子一般，这同样让米佳感到苦恼不已，因为像这样打趣的话并非是卡佳不经意说出来的，米佳早已从她嘴里听过无数次了。此外，让他感到苦恼的还有"终归"这两个字（"对我而言，你终归是一个独一无二的最佳选择"），尤其是当卡佳讲到这两个字的时候，总是会猛地降低音量，米佳实在想不明白她为什么会这样做。然而在那之后，每当米佳回想起自己在莫斯科的生活时，总是会将3月9日这天看作自己幸福生活的结尾，即使卡佳在这天向他念了那两句诗（让他的脑海中不禁浮现出了那个痛恨至极的团体，就是他们将原本停留在自己身边的卡佳给抢走了），但他本人却十分轻易地就挺过来了，没有太多的负担。

在铁匠桥上有一家商店，名叫齐默尔曼。3月9日那天，在米佳的陪同下，卡佳特意去那里选购了一些斯克里亚宾[①]的音乐著作，就在往回走的路上，她突然想起了米佳的妈妈，于是忍不住一边笑着，一边对米佳说道：

"提到你的妈妈，其实很早以前我就对她感到惧怕了，而你根本体会不到这种惧怕感有多强烈！"

米佳与卡佳确定恋爱关系以后，从来没有一起讨论过他们的将来，换句话说，就是他们之间的这份感情最终会走向哪里。但是此刻，米佳突然从卡佳口中听到了自己的妈妈，并且她说话的语气仿佛是在向人们宣告——米佳的妈妈就是将来会成为她婆婆的那个人。

[①] 俄国著名作曲家、钢琴家，代表作品有三部交响曲以及管弦乐曲《极乐之诗》等。——译者注

二

在那之后，一切似乎又回归往常了。每一天，米佳都会紧紧跟在卡佳身边，要么陪她去剧院里排练演出，要么陪她去参加音乐会或者文学晚会，甚至有的时候，米佳还会和卡佳一起回到她位于基斯洛夫大街的家里。由于卡佳的妈妈对女儿的管束并不是很严格，因此米佳和卡佳常常会利用这份难得的自由，在家里待上很长时间，直至半夜2点。卡佳的妈妈是个心地善良、和蔼可亲的妇人（由于卡佳的爸爸有了外遇，因此很早以前，她就和他分开生活了），她拥有一头卷曲的红头发，看上去就像是马林果似的，脸上常常抹得红彤彤的，嘴里始终含着一根香烟。米佳的住处，是位于莫尔恰诺夫大街的大学生客房，有的时候，卡佳也会来这里找他。每次他们总是会给予对方异常热烈的亲吻，这样的约会氛围简直可以让人陷入神魂颠倒的兴奋之中。然而，就在某个瞬间，仿佛有什么令人恐惧的事情发生了，米佳常常会产生这样的感觉——卡佳不一样了，抑或是说卡佳开始变得不一样了。

米佳和卡佳最初相识的那段时光,是他们记忆中最美好而又难忘的回忆,然而,时间总是飞快地一晃而过,这样的时光很快就结束了。刚在一起的时候,米佳和卡佳就喜欢待在一起聊天,并且认为这要比做其他的事情有趣多了,即使是从清晨聊到夜里,他们也乐此不疲。就是这样,在某个不经意的瞬间,米佳陷入了神奇的爱情世界,这可是他从小到大始终在心里偷偷渴望着的经历。12月的莫斯科,气温非常低,厚重的霜雪一成不变地覆盖着大地,一轮太阳在晴朗的空中慢慢向天边移去,看上去就像是一个污浊的红色圆球,米佳就是在这个时候陷入爱情的。紧接着到来的1月和2月,米佳感受到了连绵不绝的快乐,并且这种快乐似乎早已真实存在,最起码很快就能这样了,在这种快乐的包围下,米佳的爱情也开始有些摸不清方向了。但是,就在米佳感到快乐的时候,已经出现了一种可怕的东西,它想要将米佳感受到的这种快乐彻底消除,并且已经开始(并且是越来越猛烈地)行动了。也是从那时起,米佳的脑海中往往会出现这样的想法:卡佳的身体里仿佛住着两个人,一个是他第一眼看到后就开始不断表达爱慕之情的卡佳,一个则是实际意义上的真实而又普通的卡佳,只不过,这个卡佳与前一个卡佳相差太多,这让他感到痛苦不已。然而即使这样,一旦和此时此刻米佳脑海中的感受做比较,那么他在当时的感受几乎可以说是完全不一样了。

实际上,这所有的一切原本都能说得通。对女人们来说,春天的到来预示着她们要开始忙碌了,在这个季节里,她们会不停地为自己奔波,忙着购买物品、订购货物、缝改衣服……从头忙到尾,简直无休无止。这样看来,卡佳也和其他女人一样,经常跟在自己的妈妈身后,从裁缝铺里进进出出。除了这些,由于卡佳所在的那间私立戏剧学院马上就要考试了，因此她还需要抽出时间来复习。虽然卡佳看上去有些焦躁，并且总是三心二意的，但是一结合她所处的境况，就不难理解她的所有表现其实是非常合理的。至于米佳，虽然心里并不好受，但他常常会用这个解释来说服自己的内心。只不过，无论米佳如何宽慰自己，终究是没有一点儿效果，他内心的那些胡思乱想向他抛出了一个完全相悖的解释——卡佳，对他越来越没有感情了，这个解释不仅具备很高的可信度，而且慢慢地被现实证明了。也是在这个时候，米佳心中对卡佳所抱有的猜测和醋意变得更加强烈了，甚至一天比一天厉害。卡佳受到了戏剧学校校长的称赞，心里得意极了，由于实在按捺不住这份激动和喜悦，因此她将校长口中的那些称赞的词句全部说给米佳听。"我的这所学校因为有你这样的学生而无比荣耀。"这是校长对卡佳的称赞，对于学校里的任何一个女学生，他都会统一用"你"①这个字眼来称呼。为了帮助卡佳在考试中取得优异的成绩，校长特意在大课结束后，对她进行单独的指导。每一年的夏天，校长总是会带一位女学生跟着他出去游玩，要么去高加索，要么去芬兰，要么去国外的其他地方。校长喜欢引诱女学生这件事，是人尽皆知的。正是因为这样，所以米佳才会觉得卡佳成了校长现阶段的引诱对象。尽管当前的状况并不是卡佳的错，然而在米佳看来，面对这样的状况，卡佳心里一定会有异常变化的，既然她清楚地知道校长的目的，却没有丝毫的应对措施，那就证明她和校长之间确实存在一种肮脏的、令人发指的关系。再加上卡佳突然之间对米佳表现得没有以前那样热情了，这样一来，米佳的内心就越发地为自己的这个猜测感到痛苦了。

①在俄国，只有关系非常亲密的人，他们才会用"你"这个字眼来称呼对方。——译者注

用一句话来说，就是卡佳仿佛突然被什么东西给迷住了。只要脑海里一闪现校长，米佳的心里就会泛起一阵波澜。然而实际上，对卡佳本人来说，如今在她的爱情之上，仿佛又出现了某些其他的渴求，这样看来校长又抵得了什么呢！米佳根本没有办法知道，卡佳现在究竟想要得到哪个人，或者是哪些东西。他心中的醋意来源于所有的人和事，当然，最核心的来源是他对卡佳偷偷做着的某件事的猜测，这件事不仅是瞒着他进行的，而且仿佛早就开始了。在米佳看来，卡佳或许是打算去做十分可怕的，只要一想到就会让人胆战心惊的事，所以她才会如此疯狂地想要将他丢下。

曾经有一回，卡佳在妈妈也在场的情况下，半真半假地对米佳开玩笑说：

"米佳，您肯定会成为一个彻彻底底的奥赛罗，因为您对女人所抱有的态度，绝大部分是从《治家格言》一书中得来的。或许在您的一生中，没有任何一个女人会对您产生爱慕之情，并且愿意和您结婚！"

卡佳刚一说完，她的妈妈就赶忙表示反对：

"爱情里怎么会不吃醋呢，我根本没有办法去假想这种情况。在我看来，如果爱情里没有醋意，那就证明根本就没有爱存在。"

"妈妈，你错了，吃醋是一种非常无礼的行为，是对自己喜欢的人的侮辱。怀疑我，其实就是对我没有爱意。"卡佳反驳道。她总是乐于将别人的一言半语当作自己的话来说，并且就在讲这句话时，她有意地避开了米佳的视线。

"在我看来，吃醋就代表有爱存在。"卡佳的妈妈再一次表示反对，"我之前曾在哪一本书里边看见过这句话，而且为了更加清晰明确地进行论证，里边还借鉴了《圣经》中的事例，妒忌之人[1]和降罚之人——

---

[1] 俄语，可以理解为"热情的追随者"。——译者注

这是上帝在《圣经》里的称呼……"

现在，吃醋简直可以说是米佳对爱情最为彻底的呈现形式了。况且，对米佳来说，他的吃醋是非常独特的。尽管当米佳和卡佳两个人独处的时候，米佳的醋意早已表现得非常肆无忌惮了，然而他们之间的情侣关系依然保持在一个界限之内，并没有越界的行为出现。然而现在，每当到了两个人独处的时候，卡佳就会变得比以前更疯狂和热情，常常表现得非常亢奋，对于这一点，米佳心中同样充满了怀疑，甚至于有时会出现某种极其恐怖的想法。可以说，导致米佳吃醋的各种各样的猜测，全都是非常恐怖的，然而在这些猜测之中，有一种猜测是最为恐怖的，甚至就连米佳本人也无法解释清楚和想明白，这种猜测就是——对米佳来说，存在于他和卡佳之间的各种各样的亲热行为，以及那些甜蜜快乐的感受，是凌驾于世间所有事物之上的，同时也是世界上最美好的体验，然而一旦他的脑海中同时出现卡佳和另外一个男人时，这些原本美好的体验居然会变得无比肮脏，甚至于表现得非常变态，以至于无法用语言来形容。每到此时，米佳的内心总是会对卡佳产生非常强烈的厌恶之情。在米佳看来，他本人当着卡佳的面所进行的一切行为，全都是合理的，包含了如同天堂一般的美好和纯洁，然而一旦让另外一个男人来顶替他的位置，进行相同的动作和行为，他就会马上察觉到变化——由于原本美好纯洁的行为瞬间变得龌龊起来，因此他疯狂到想要捏住卡佳的喉咙，置她于死地，没错，米佳想要掐死的并不是他脑海中假想出来的另外一个男人，而是他喜欢的女人卡佳。

三

其实，存在于米佳心中的这些烦闷是合理的，就在卡佳去参加学校考试（最终决定的考试日期是大斋期的第六周）的当天，米佳的这些烦闷仿佛被非常独特地证实了一番。

身处在那样的环境之中，卡佳几乎变成了一个完全陌生的女人，从她的眼睛里根本找不到米佳的身影，无论是谁，似乎都能接近并得到她。

最终，卡佳脱颖而出，获得了胜利。她穿着一身白色的服装，简直如同一个新娘，由于太过兴奋了，她看上去比以前更加妖娆了。在场的人全都热情地拍着双手，向她表示祝贺，至于那位像个演员似的校长，则一脸骄傲地坐在最前排，两只眼睛里流露出冷酷而又郁闷的神情，他装腔作势地对卡佳进行了一番点评，虽然声音并不大，但却传到了大厅里的每个人的耳朵里，尤其是他讲话时的语气，简直让人无法忍受。

"你的说话声太有舞台感了，应该尽量降低一些。"他一脸冷静而又严格地说道，话语饱含重量，就如同卡佳归他个人所有一般。紧接着，他又一丝不苟地要求道："不要在那里只是很表面地表演，要真正走到戏里面去。"

这一点是让人无法忍受的。虽然卡佳的台词获得了场下的一阵阵掌声，但是她的腔调同样让人无法忍受。由于太过窘迫了，卡佳的脸变得红红的，时不时发不出声音来，甚至还差点儿喘不过气，然而正是因为这样，她看上去更加迷人，浑身上下散发着动人的魅力。对于米佳痛恨至极的那个团体，也就是卡佳诚心诚意想要融入的那个团体来说，虽然卡佳说台词的腔调听上去非常的别扭、愚笨，甚至有些令人作呕，但这却是他们眼中顶级的艺术形式。看到卡佳在舞台上的表演，米佳替她感到羞愧，甚至不知道该将自己的视线放到什么地方才算妥当，因为卡佳从头到尾都没有在讲话，反而是在那里大声喊叫，完全没有一丝一毫的依据和尺度，只是不停地以一种死皮赖脸的方式乞求，语气中饱含了某种难解难分的情愫。卡佳的小脸蛋看上去又红又鼓，身上穿着洁白的裙子（由于舞台下方的观众们是从脚到头打量她的，因此，这件裙子有些过短了），脚上穿着一双洁白的鞋子，两条腿上套着紧身的白色长筒丝袜，其中隐含着的是贞洁与放荡的混合物，可以说，最令人感到恐怖的事其实就是卡佳本身。有一段台词描述的是一位纯洁无比的少女，她就像个天使似的——"一位在唱诗班里放声歌唱的少女"，当卡佳读到这里的时候，虽然她的腔调听上去是纯真无邪的，但却别扭至极，甚至没有一点儿尺度可言。米佳的内心感到十分矛盾，一方面，他清楚地知道自己对卡佳充满了无限爱意（无论是谁，当在人群之中看到自己心爱的人时，心中都会产生这样的情感），但另一方面，他又对她抱有十分浓烈的憎恶之情；一方面，他会深刻地认识到卡佳终究是归他所有，并为她心生骄傲，但另一方面，他的内心又会感到钻心的痛楚，忍不住起疑心，认为卡佳早就脱离了他！

伴随这次考试的结束，一段快乐的时光再次来临，只不过，此时此刻的米佳早已发生了变化，他的内心变得沉重起来，没有了往日的惬意。当卡佳在脑海中回想自己参加的这次考试时，曾忍不住这样对米佳说：

"你实在是太笨了！我之所以能将台词表达得那么出色，完全只是因为你呀，难道你心里没有一点点的感觉吗？"

然而对米佳来说，他不仅能清楚地记得自己在考场上的真实感受，而且不得不坦白这些感受始终存在于他的脑海中，从来就没有消失。虽然米佳将自己的这种感受深深地埋藏在心底，但卡佳终究是有所察觉了，因此有一天，当他们出现争执的时候，卡佳突然抱怨道：

"我实在是想不通。既然在你眼中，我就是一个彻头彻尾的坏女人，那你为何还要喜欢我呢？你究竟想让我做什么？"

为什么会喜欢上卡佳？其实这个问题，就连米佳本人也想不清楚，只不过，即使他因为卡佳而吃醋，并与某些人和事展开了饱含嫉妒的抗衡，但他对卡佳的爱意却始终没有变淡，反而越来越浓烈，至于米佳所展开的这些抗衡，其实本质上是因为卡佳，因为他们之间的这份感情，因为存在于这份感情之中的一天天变紧的张力和渴求。

就在某一天，卡佳突然一脸辛酸地对米佳说："你真正喜欢的并不是我的内心，而仅仅是我的身体！"

虽然这又是卡佳借鉴过来的不合时宜的台词，不知道来自什么地方或者哪个角色，听上去非常不着边际，没有一点儿根据，但却指出了一个始终没有办法处理的熬人的难题。米佳根本想不明白自己为什么会爱上卡佳，也根本无法将自己内心真实渴望的东西清晰地表达出来……通常来说，爱里边到底包含着些什么东西呢？对于爱情的真实内涵，虽然米佳试图从自己知道的与爱情相关的表述中寻找答案，但却始终没有一个合理且标准的答案，这样一来，面对为什么会爱上卡佳这个问题，米佳显得更加束手无策了。

四

随着时间的推移,卡佳身上所出现的改变日益增多。

可以说,这之中最为重要的一个因素,就是卡佳在那次考试中的大获全胜,当然,除了这个因素外,还有其他一些不可忽视的因素。

自从春天来临以后,卡佳就开始重视起自己的穿衣打扮,常常飞快地来来回回,仿佛突然摇身一变,成为社交场合中的一位相当活跃的妙龄少女。米佳居住的地方,有一个十分昏暗的长过道,每次卡佳乘车(如今的卡佳早已放弃了步行,只要出门总是会选择乘车)来找米佳约会时,总是会将头上的那块面纱拉下来,然后以飞快的速度穿过这个过道,身后拖着的绸质裙尾会不时发出沙沙的声音,每当这个时候,米佳总会为这个过道感到难堪,觉得它寒酸至极。虽然如今的卡佳对米佳表现得非常顺从,但却常常比约定的时间晚到,甚至会以要陪自己的妈妈去裁缝铺为由,过早地结束她和米佳的约会。

"你听清楚了吗?我们就是要在穿着打扮上耗费一定的时间才

行！"尽管卡佳心里非常清楚，对于她所说的话，米佳并不会相信，但是如今他们早就到了无话可说的地步，所以她依然讲了出来，甚至一边说着一边将自己的眼睛睁得又大又圆，流露出欣喜与诧异的神情。

　　如今，当卡佳来到米佳的住处后，再也不会将头上的帽子摘掉了，她在米佳的床边坐下，手里始终紧握着那把太阳伞，仿佛很快就会起身道别一样。至于米佳，当他看到卡佳裸露在外的套着紧身丝袜的小腿肚子时，早已迷失心智，魂不守舍了。到了快要离开的时候，她总是会告诉米佳自己今夜又要外出（依然是陪同她的妈妈去某个人家里！），甚至往往会有意地朝门外看上几眼，就像是个即将干坏事的小偷一样，紧接着，她会从米佳的床上滑到地上，并用自己的胯骨去触碰米佳的大腿，然后急匆匆地低声诱惑道："快来亲我啊！"这一系列的挑逗，是卡佳经常会使用的手段，至于她为何会这样做，原因是显而易见的，那就是用来针对米佳心中的那些"愚笨的"烦闷，换句话说，卡佳想以此作为对米佳的一些弥补，哄他开心。

五

到了 4 月末的时候，米佳最终下定决心，打算去乡下好好休息一下。

不仅是米佳本人，就连卡佳也因为他的折腾而感到痛苦不已。可以说他们所感受到的这种痛苦好像根本就没有任何起因，于是这进一步加重了他们的痛苦，甚至于到了无法承受的地步。究竟发生了什么？到底在什么地方做错了呢？有一天，卡佳感到异常气愤，于是直截了当地对米佳说：

"就这样吧，你一个人离开吧，我无法继续忍受下去了，你走吧！如果想要梳理清楚我们之间的关系，就务必要分开，给彼此一些时间来考虑。你的身体瘦弱成这个样子，我妈妈甚至以为你患了肺痨病。我无法继续忍受下去了！"

于是，米佳去乡下的事算是定下来了。尽管米佳心里充满了苦闷，但他离开的时候却感到非常轻松，这一点让他感到十分诧异。就在他独自去乡下的事刚一确定后，所有的一切又突然回到了往常的状态。其实，对于那些让他在无数个日夜里感到焦虑的恐怖想法，他原本就不想将它们看作真的。一旦卡佳身上出现或多或少的改变，米佳就会再次觉得眼前的一切全都随之改变了。如今，米佳和卡佳之间的谈话再次变多了，米佳也会在卡佳家里待上很久，直至半夜2点，这是因为卡佳再次改变了，她看上去非常温顺和热情，一点儿也不矫揉造作（这可是米佳凭借自己吃醋的本性所感受到的，并且是十分正确的，没有一点儿偏差）。随着米佳出发日期的日益临近，原本"为了将彼此间的关系梳理清楚"而不得不分开，给彼此一些时间考虑的想法，听上去越来越不合乎常理了。甚至有一天，一向没流过眼泪的卡佳居然哭了起来。看到那些从她脸上滴落的泪水，米佳的心中竟然会忍不住萌生出一种异常深刻的怜悯之情，在他看来，此时此刻的卡佳是如此亲切，简直就像是自己辜负了她一样。

6月伊始的时候，卡佳的妈妈打算带着她一起去克里米亚纳凉。他们最终商量的结果却是在米斯霍尔见面，到时候，米佳同样要去那里才行。

为了置办即将到来的远行所需要的物品，米佳开始不停地往大街上跑，一趟接着一趟，只不过，他的精神状态看上去并不是很好，简直就像是一个身患重症的病人，虽然还能坚持得住，却显得非常没精神。此时的卡佳简直就像是米佳的另一半似的，她不仅再一次来到米佳身边，关心爱护他，而且还愿意和他一起去购买远行所需要的绑带，正是因为这样，米佳感觉自己收获了仿佛病人才会有的幸福和快乐，即使此刻的他看上去就如同一个病人似的，或者是如同喝醉酒的人那样不幸。总而言之，这一切都让米佳的内心感动不已，他的脑海中甚至还浮现出了两个人最初确定恋爱关系时的场景。

就这样，虽然身边的一切事物似乎都在表达分别的痛苦——房舍、街道、那些在大街上步行或是坐车的人们、始终如同春天一般阴暗的天色、从灰尘和雨水中散发出来的味道，以及悠长的巷道里，长在垣墙内的杨树绽放了花朵，不停地往外散发着教堂的气息……但米佳却依然选择用这样的态度来对待这所有的一切，同时他对这一次去克里米亚纳凉、见面充满了向往，甚至感到幸福和快乐，只要到了那里，所有的阻碍都会消失不见，而一切又都会逐一成真（尽管对于这里所谓的"一切"，此时的米佳并不清楚到底是指什么）。

得知米佳即将离开莫斯科后，普罗塔索夫为了向他话别，特意在他出发的那天现身。在中学高年级以及大学里，常常会有这样一些学生，他们总是喜欢阴沉着脸，露出一丝嘲笑，实际上他们并没有任何的敌意，同时还非常乐于装出一副比其他人阅历丰富的模样。普罗塔索夫正是这样的人。他可以说是米佳最亲密、最经常接触的朋友之一，同时也是米佳仅有的一个知心朋友，对于米佳所经历的一切爱情隐私（虽然米佳本人一点儿也不愿意透漏），他都知道得非常清楚。当米佳试图将箱子捆紧时，普罗塔索夫发现他的双手正在不停地颤抖。米佳结束这一操作后，普罗塔索夫一边露出苦涩的笑容，一边十分老练地说：

"上帝开恩，你们根本就是一些还没有长大的孩子！抛开其他的不说，卡佳本身就是一个极具代表性的女人，就算是警察局局长出现，同样也会对她感到束手无策，因此我最心爱的坦波夫·维特[①]，如今你应该清醒一点儿了。从某个层面来看，身为男人的你对卡佳抱有非常迫切的本能渴求，拼命地要求她为你完成孕育后代的至高使命，

---

① 《少年维特之烦恼》的主人公。该书是德国著名作家、思想家歌德的代表作。——译者注

其实这与自然法则几乎是完全吻合的，甚至可以说是圣洁无比、不可侵犯的。尼采①有句话说得非常有道理，那就是：至高无上的理性，其实就是你的肉体。只是一旦选择了这条圣洁无比、不可侵犯的路线，就不得不去面对其中的风险，甚至于你会因此而失去自己的生命，当然，这同样是与自然法则相吻合的。在动物生活的环境里，有时为了寻求自己的配偶，部分雄性动物甚至会为之丧命，这样一来，它们的求偶行为就会成为一生中所仅有的一次。虽然在你身上并不一定会出现如此的状况，但你依然需要谨慎起来，好好照顾自己。用一句话来说，就是在解决和处理问题的时候，千万不要过于急躁。'我百分之百地确信，夏天过去后，还会再次回来的，对于这一点，士官生施米特，你完全可以放心！'②这个世界是如此丰富和庞大，又不是只有卡佳一个女人，你完全可以找到其他女人。只不过，或许你本身压根儿就不会接受这样的观念，并且非常愿意走上一条没有出路的道路，这一点，完全可以从你刚才一个劲儿捆紧箱子的动作里看出来。如果真是这样，就请你宽恕我的多嘴吧，我会为你虔诚祈祷，希望圣尼古拉以及他的同伴们可以保你平安！"

说完，普罗塔索夫伸手握住米佳的手以示道别，然后就离开了。在那之后，米佳又打算将枕头和被子捆起来。就在这时，一阵如同雷声轰鸣一般的歌唱声突然飘进了米佳的耳朵里，这是从那扇朝向院子的窗户外传进来的，唱歌的人是一个声乐系的大学生，就住在米佳对面。此刻，这个男学生正在演唱的歌曲叫作《阿兹

---

① 德国著名哲学家、语言学家、诗人、思想家，被看作西方现代哲学的创始人，代表作品有《权力意志》《悲剧的诞生》《不合时宜的考察》等。——译者注
② 摘自诗歌《士官生施米特》，作者是俄国著名诗人库兹马·普鲁特科夫。——译者注

拉》①，他非常勤奋，天刚亮就开始练习唱歌，一直到晚上才停。无奈之下，米佳只好决定去和卡佳的妈妈道别。于是他匆匆搞定捆绑行李的工作后，一把拿起帽子，出门朝着基斯洛夫大街出发了。比起前些日子，米佳感觉自己的脑袋突然变得浑浑噩噩起来，他甚至快要看不清道路以及迎面走来的路人了。之所以会这样，是因为他的脑海中始终环绕着那个男学生所演唱的歌词和旋律。这简直就好似世界上的所有出路都被堵住了，这位士官生施米特只能用枪来结束自己的生命了！这没问题，无路可走就无路可走吧。然而，米佳的思绪却再次落到了那个男学生演唱的歌词上，里面将苏丹王的女儿描述成"明媚动人"的样子，就在她经常散步的花园里，有一座喷泉，一个"神情惨白，简直要比死人的脸色还白"的黑人奴隶总是会出现在那里。虽然他说话的腔调听上去十分谦虚恭敬，甚至有些许淳朴隐含在他忧郁的气息中，但是只要他一张嘴，就会让人感到非常阴险恶毒。他讲道：

穆罕默德，这就是我的名字……

结尾的时候，他会表现出既悲伤又喜悦的心情，一边哭泣，一边呐喊：

我诞生于阿佐尔族，那是一个贫苦的民族，
如果互相心生爱慕，等待我们的只有死路一条！

卡佳打算亲自将米佳送到火车站去，此时她正在穿衣打扮。卡

---

①抒情曲，是俄国著名作曲家阿·鲁宾斯坦的作品。——译者注

佳一边在自己的房间里收拾（就是在这间房里，米佳曾拥有过多少印象深刻的美好回忆啊！），一边十分亲昵地朝米佳大喊道，她肯定会及时出现的，最晚在第一次打铃前。至于卡佳的妈妈，也就是那个拥有一头红色的如同马林果一般的头发的女人，此刻正独自一个人坐着，她的脸色看上去非常难过，一边抽着烟，一边瞧了一眼米佳。不难看出，其实她早就看穿了一切，并且早就预料到了。在卡佳的妈妈面前，米佳简直如同儿子一般，脸色变得通红，内心不停地抖动着，他小心翼翼地亲吻了一下她的手，那上面的皮肤早已失去了弹性。而她则如同母亲一般，一脸怜爱地亲吻了几下米佳的太阳穴，接着又在胸前比画了一个十字，以此来为米佳祈祷。

"亲爱的，就这样吧！"她露出一脸牵强的微笑，接着引用了格里鲍耶陀夫[①]的话，向米佳叮嘱道："带着笑容去活吧！您出发吧，祈祷基督可以伴您左右，出发吧……"

[①]俄国著名的剧作家，代表作品是喜剧《智慧的痛苦》。——译者注

六

当米佳在房间里处理完剩下的一些事务后，就在侍役的帮助下，将自己准备好的行李搬到马车上，这辆马车是租来的，看上去十分陈旧。最终米佳就这样挤在行李旁坐下，准备启程了。虽然他坐得并不是很舒适，但心中却立即产生了一种非常独特的感受，这是只有在外出旅行的时候才会有的感受，那就是：之前的日子总算告一段落了（并且还是彻彻底底地告一段落了）！就在同一瞬间，一想到马上就会到来的某些从未见过的事物，米佳的心中充满了无限向往，并油然而生一种惬意畅快的感觉。对于四周出现的一切事物，米佳仿佛早已开始用崭新的态度来审视了，他的情绪变得稳定起来，就连精神也抖擞起来了。再见了，莫斯科！再见了，曾经遇到过的所有人和事！天空乌云密布，看上去十分昏暗，三三两两的雨滴不停地往下掉落，小巷的路面是用乌黑的鹅卵石铺成的，散发出如同铁器一般的亮光，坐落在两旁的房子看上去十分污秽，令人感到十分压抑。由于这辆租来的马车走得实在太慢了，米佳常常会迫不得已地将脸转到一边去，并竭尽全力地忍住呼吸，这简直让人感到痛苦不堪。马车首先从克里姆林宫前走过，接着穿过了圣母堂街，然后拐向一边，再次钻进了小巷里。每次下雨之前以及傍晚到来的时候，那些躲在花园中的乌鸦都会发出一阵喧闹声，然而春天早就到来了，因此周围的空气里始终充斥着春天的味道。一番奔波之后，马车终于来到了火车站，负责搬运行李的工人走在前边，米佳则一路小跑地跟在他们身后。候车厅里早就挤满了前来乘坐火车的人们，米佳费劲地穿过人群，径直朝站台跑去，并顺利地来到了第三线，此时早已有一辆去往库尔斯克的看上去又长又重的火车停在那里。负责搬运行李的工人一边不停地朝前边的人群大喊"麻烦让一让"，一边卖力地推着行李，地面上发出一阵轰隆隆的响声，米佳紧紧跟在他们身后。就在这时，米佳突然从挤在火车旁边的人群中看到了一个"明媚动人"的人，虽然这个站在远处的人看上去孤孤单单，却是这群人之中最与众不同的，甚至可以说是整个世界上最与众不同的。第一次打铃早已结束了，晚到的并不是卡佳，而是米佳本人。看到卡佳比自己提早来到这里等候，米佳心里感动不已，而此时卡佳又如同米佳的另一半似的，一边朝他飞奔过去，一边亲昵地喊道：

"心爱的米佳，还愣着干什么，赶紧去抢位置啊！第二次铃声马上就要响起了！"

虽然第二次铃声已经响过了，但卡佳并没有离开，甚至就站在三等客车的车门外。此时的站台上早已是人山人海，并且散发着恶臭的气味。米佳看到卡佳仰起脑袋目不转睛地看着自己，内心再次泛起一阵更为强烈的感动。在米佳眼里，卡佳简直就是美的化身——她的小脸蛋既美丽又迷人，身材十分窈窕，浑身上下散发着纯真灵动的女性特质，两只往上瞧的眼睛里流露出万丈光芒，头上戴着那顶淡蓝色的素净的宽边帽（帽边是带褶的，让她更具一丝高贵的气质），身上穿着那套深灰色的服装（米佳实在是太喜欢卡佳了，简直疯狂到能够感受出这套服装所使用的面料以及绸质的内衬）。然而米佳却截然相反，因为考虑到即将到来的出行，他特意穿上了一双长筒靴，看上去非常粗俗笨重，身上穿着的那件短上衣同样是破旧不堪的，甚至上面的纽扣早就因为磨损而显现出红铜色，这样一来，米佳看上去不仅骨瘦如柴，而且非常狼狈不堪。只不过，就算是这样，卡佳依然深情地凝视着米佳，眼神中流露出十足的喜欢和难过，没有半点儿虚伪的成分。就在这时，第三次铃声突然响起，米佳感觉自己的内心像是被重重地打了一下，只见他如同发疯了一般飞快地冲了下去，而卡佳也同样发疯似的飞快地扑向米佳，脸上露出惊慌不已的神情。来到卡佳身边后，米佳拉起她的一只戴着手套的手，低下身子亲吻，随后他赶忙转身跳到车厢里，并将自己的学生制帽紧紧握在手里，一脸兴奋地朝卡佳挥舞起来，他的眼睛里早已满是泪水。至于卡佳，她依然站在那里，用一只手抓起裙子，目不转睛地仰视着米佳，渐渐地，她和站台一起往后退去。火车一边冷酷地向前驶去，一边发出凶狠的嘶叫声，仿佛是在命令前方的一切为它让路似的，而且速度越跑越快，就这样，卡佳的身影飞快地向后飘去，米佳努力地把脑袋探出车窗，强劲的大风无情地吹扯着他的头发。突然之间，卡佳连同站台一起消失不见了，就如同被猛地撕掉了一般……

七

　　傍晚已经到来，由于天空中飘浮着乌云，这个悠长的春天看上去更加阴暗了。此时正是初春时节，车厢外的那片田野呈现出一片荒芜的样子，伴着阵阵刺骨的寒风，这列又长又重的火车从田野中行驶而过，发出轰隆隆的响声。此时的车厢里，列车员们正在狭窄的走廊里来回穿梭，有的在检查车票，有的正打算将蜡烛放进吊灯里。至于米佳，由于他的身体里依然沸腾着分别之情，他始终停靠在车窗旁，即使火车因为颠簸而发出刺耳的响声，他也无动于衷，只是在不停地回味着自己唇部残留的属于卡佳手套的味道。就在此时，对于在莫斯科度过的这个悠长的冬天——在这个冬天，他的生命状态发生了巨变，他不仅拥有了快乐，而且感受到了悲伤……哎，卡佳究竟是个什么样子的人呢？她到底暗示了些什么呢？爱情、内心、身体，这些东西又都意味着些什么呢？真实存在的那种东西，与这些东西根本就截然不同，至于这些东西本身，其实根本就是假的！但是，手套上所包含的味道又该怎么解释，莫非它根本就不等同于卡佳，不等同于爱情，不等同于内心，不等同于身体吗？在米佳看来，周围的一切其实都可以看作是爱情和内心——那些挤在车厢里的农人和工人，那个带着自己长相丑陋的孩子朝卫生间走去的女人，那些从不停晃动的吊灯里照射出来的暗沉的烛光，以及车厢外那片光秃秃的田野上的春日傍晚……与此同时，它们又都可以看作是无以言表的幸福和悲伤。

奥廖尔是一个中转车站，火车在清晨的时候从这里经过，在远处的那个站台旁，一辆本省的火车正停靠在那里。现在离莫斯科已经有一段非常远的距离了，在米佳看来，相比莫斯科的生活环境，这里反倒显得非常简单、宁静和温馨。在莫斯科，米佳心中只有卡佳，他对她总是充满了无限温情，然而此时此刻，卡佳似乎成了一个非常孤独和不幸的人！这里的天空飘浮着的几朵浅青色的云朵，甚至这里吹过的风，都显得更加简单和宁静……离开奥廖尔车站的时候，火车行驶得非常缓慢，一点儿也不慌乱，车厢里突然变得空空荡荡的，只有米佳独自一人坐在那里。他正不急不慢地品尝着图拉蜜糖饼，这是用模具制作出来的。不久以后，火车突然开始提速了，并且越跑越快，米佳最终睡着了。

米佳一路上一直昏睡着，直到火车驶入维尔霍维耶车站时，他才从梦中醒来。火车停靠在站台旁边，虽然车厢外站着许多人，但依然会让人产生一种感觉，那就是这里实在是太偏远了。空气中突然散发出一股诱人的油烟味，应该是从车站厨房里飘出来的。于是米佳点了一份菜汤以及一瓶啤酒，美滋滋地享用了一顿饱餐。酒足饭饱之后，沉重的睡意再次袭来，米佳又开始打瞌睡了。当米佳再次从梦中清醒过来时，火车马上就要驶入终点站了。看到车窗外匆匆向后飘去的那片白桦林，米佳心里泛起了一种再熟悉不过的感觉。

他的眼前再次出现了昏暗的景象，这是春天所特有的，雨水透过开着的窗户飘了进来，同时进来的似乎还有蘑菇的味道。虽然外边的树林里依然没有长出一片叶子，但是比起那片辽阔的田野，此时火车发出的轰隆声似乎更加清楚一点儿。放眼望去，远处的车站上正在不停闪动着的灯火，就如同春日里的天色一般。就在这个傍晚时分，伴随着旁边那片没有树叶的白桦林，米佳眼前终于出现了那盏被高高挂起的绿色信号灯，它看上去简直美极了。火车咣当一下改变了行驶轨道……我的天啊，站台上可以看到等候迎接少爷的雇工，他们看上去是如此富有乡村气息，同时又是如此和蔼亲切啊！

　　天空中聚集的乌云变得越加厚重，天色看起来也越加昏暗了。离开车站后，米佳需要穿过一个村庄才能到家。由于春天雨水的洗礼，道路上全都是烂泥，非常难走。这里的暮色显得异常轻柔，若隐若现的乌云飘浮在低空中，与暗沉的夜色融为一体，营造出一种温馨而又深邃至极的幽静，周围的一切全都在这样的氛围中消失了。米佳感到十分欣喜，因为他再一次感受到，乡下竟然会是如此宁静、简单和朴素啊！眼前的这些小木屋因为没有烟囱，所以散发着浓郁的味道，此时它们全都黑漆漆的，仿佛睡着了似的（自从报喜节[①]那天开始，人们都停止点灯了），能够在这个昏暗而又暖和的草原世界里生活，将是多么美妙的感受呀！由于这里的道路不仅全都是烂泥，而且非常坎坷，因此那辆并没有安装弹簧片的长途马车只能一路晃晃荡荡地往前走。从一个富农的院门前经过时，米佳发现院子后面长着一些光秃秃的橡树，虽然它们一棵棵看上去十分高大，但却没有一点儿精神，树杈上有一些黑乎乎的东西，那是白嘴鸦的窝。黑

[①]俄罗斯的传统节日，时间是俄历3月25日，圣母玛利亚就是在这一天接受圣灵怀孕的。——译者注

漆漆的夜色中，一个农人正站在屋子旁边，不停地朝四周观望，他的模样看上去非常古怪，简直就像个古人似的，他的头上戴着一顶羊皮帽，又长又直的头发从里面垂下来，身上穿着件厚重的呢外套，看上去十分破旧，脚上光光的，根本没有穿鞋……雨水突然从天而降，它是温和甜美的，甚至还散发出阵阵淡雅的香气。看着眼前的这些小木屋，米佳的脑海里不禁开始幻想在里面睡觉的人，很有可能是一些乡下女孩，又或者是年纪较轻的农村妇女，这时，他又想起了自己在莫斯科度过的那个冬天，以及他从卡佳身上体会到的女性所独有的特征。就这样，米佳脑海中的这些内容全都聚集起来——乡下女孩、卡佳、夜晚、春天、雨滴的味道、从开垦过的即将播种的土壤里散发出的味道、马儿身上的汗味，以及记忆中从卡佳手套上散发出的味道，那是一只细羊皮质的手套。

八

最初的时候,在乡下度过的日子是安详且动人的。

离开车站往家赶的那个夜晚,看到沿途经过的每个地方,米佳脑海中的卡佳仿佛早已失去了色彩,甚至早就和四周的景物融为一体。然而实际并不是这样的,这只是米佳的脑海中产生的一种非常短暂的感受,几天后,当米佳补足了睡眠,重新回到正常状态后,这种感受就消失了。而米佳则很快就适应了眼前这些从小就体验过的事物,比如故乡、村庄、乡村里的春天,甚至这片光秃秃的春日景象——此刻它正打算再一次感受新生,当然是以干净而又充满活力的状态。

对于米佳来说,最初的乡下生活是平淡安详的,这是因为农庄的面积并不是很大,房屋虽然陈旧,但里边的结构却非常简单,至于家务活,一点儿也不难,自然也就没有供养一群仆人的必要了。米佳的妹妹和弟弟都在奥廖尔上学,一直要到6月初以后才能回家。其中,他的妹妹安尼娅是一名二年级的学生,就读于女子中学,而他的弟弟科斯佳则在少年军校读书。如同往常一般，米佳的母亲一直忙着做家务活（只有一名管家愿意帮助她，其他仆人称呼他为庄头儿），此外，她还会经常去田地里转转，夜幕刚一降临，她就会马上上床睡觉。

回到家后，米佳就在自己的房间里睡了整整12个小时。他的房间窗户朝东，打开后不仅能看到外面的园子，而且还能照进充足的日光。直到第二天，米佳才醒过来，醒后他梳洗打扮一番，穿上一套整洁的衣服就出门了。他从其他房间门前一一走过，尽情地享受着它们所传达出的亲密感，以及能够慰藉身心的安详的朴实感。家里的摆设并没有变化，一个个全都待在原来的位置上，简直就和多年前一模一样，这不仅让人有种似曾相识的感觉，而且四周的气息简直让人感到幸福和快乐。就在他回来以前，家里的每个角落全都被打扫过了，甚至就连每个房间的地板都被仔细擦洗了一番，看上去干净极了。唯一还没来得及擦洗干净的，就是那间与外部相连接的房间（时至今日，这里的人依然将它叫作听差室）的客厅，此时，正有一个脸上长满雀斑的女孩站在阳台门边的窗台上，她是从村子里跑来这里干杂活的。只见她将身板挺得笔直，用力地擦洗着位于窗户最顶层的那块玻璃，不停地发出咯吱咯吱的响声。她的身影被窗户下层的玻璃倒映出来，看上去是蓝色的，而且似乎离得非常远。就在这时，女仆帕拉莎突然光脚走到一个散发着热气的水桶前，并从里面捞起一块大抹布，由于地板上全都是水，她只能用自己娇小的脚后跟小心翼翼地来到这里。她的脸涨得通红，两只袖子全都被卷了起来。由于脸上全都是汗水，于是她一边用胳膊擦脸，一边对米佳说话，语气有些过度亲昵了：

"可能您根本就没听到，天还没亮的时候，您的母亲就和庄头儿一起去车站了,您还是先去喝会儿茶吧……"

看到那个站在窗台上的身板挺得笔直的乡村女孩,米佳突然意识到自己正觊觎她袖子卷起的部分露出的胳膊和女人所特有的灵活,甚至还包括她身上的那件裙子,以及包裹在里边的两条毫无遮盖的腿,它们就如同两根坚硬的柱子,非常笔直地矗立在那里。正当米佳沉醉于这样的想象时,卡佳的威严迫使他在脑海里回想起她的模样。能够感受到卡佳的威严,米佳心里感到非常开心,他甚至由此认为自己是归卡佳所有的,而卡佳也暗暗地潜藏在他在这天清晨所拥有的一切感受之中。

时间就这样一天天过去了,米佳的情绪总算是稳定下来了,而他的精神状态也再次回归正常。存在于他脑海之中的卡佳,随着时间的推移,变得日益生动、美好起来,至于那个在莫斯科的普普通通的卡佳,则被米佳慢慢遗忘了,原因是她不仅完全不符合米佳脑海中所期望的卡佳,而且还常常会让米佳感到痛苦不已。

九

如今的米佳早已是一名成年人了,这次回到家里,发生变化的不仅是他的身份,就连母亲对他的态度也出现了改变。当然,其中最核心的一点,就是他内心对初恋所抱有的最纯真的期许,这可是他从小就拼尽全力渴望的东西,而他此刻也正努力让它变成真的。

在米佳还是一个婴儿时,他的身体里就闪现过某种古怪而又离奇的东西,这是无法用言语表达出来的。具体的时间、地点早已记不清了,或许同样是在春天的时候,那个时候他的年纪还小,与一个妙龄女子站在一起,就在那片位于花园里的丁香树丛旁(记忆中好像有一股难闻的味道,是从斑蝥身体里散发出来的),至于那个女子,或许就是他的奶妈。就在一瞬间,他的眼前突然有什么东西一闪而过,根本分不清究竟是奶妈的脸,还是那件她用来遮盖自己丰腴的胸部的无袖长衫,反正就如同一道从天而降的光芒一般,就这样,仿佛胎儿在妈妈的肚子里动来动去似的,米佳的身体里突然有某种东西开始沸腾,如同涌动的热浪……当然,这一切几乎就像在做梦一般。在那之后,无论是他的童年时期，还是少年时代，抑或是中学阶段，只要是他亲身经历过的，全都如同做梦一般。小女孩们在各自妈妈的带领下，出现在自己的儿童节日活动上，她们穿着小小的连衣裙和皮靴，头上绑着一个个绸质的蝴蝶结。米佳一会儿看看这个小女孩，一会儿看看那个小女孩，心里获得了一种难以形容的独特的欢愉，对于这些小人儿的任何一个举动，米佳的内心充满了无限的好奇。之后，当他喜欢上一个在省城女子中学读书的女学生时，他的情感就包含了更多的自主成分。每到黄昏的时候，在隔壁家园子围墙里的一棵树上，总是能看到那个性格开朗的女学生的身影。她的头上卡着一把圆形的梳子，身上穿着一条咖啡色的短款连衣裙，纤细的双手看上去非常肮脏。这个女学生非常有趣，无论是嬉笑声还是叫喊声，嗓门都非常敞亮。米佳彻底被她吸引了，几乎每天都在思念她，他的内心对她抱有某种难以克制的冲动，并因此感到万分惆怅，甚至偶尔还会流下眼泪。整整一个秋天，米佳都是这样度过的，只不过到了后来被他忘得一干二净了，完完全全变成了往事。从那以后，米佳心中接连出现了崭新的爱恋之情，有的持续的时间比较长，有的持续的时间比较短，当然，它们全都被米佳深深地埋藏在心底，其中就包含了他在参加中学生舞会时，所感受到的一见倾心，以及自己因此而承受的剧烈的幸福和痛苦……他的内心萌生了对某个东西的笼统的渴望和感知，而他的身体里则产生了某种柔弱的感受……

　　从小到大，米佳都在乡下生活，然而当他进入中学后，每年的春季都是在省城度过的。只不过，前年谢肉节①的时候，米佳回到家乡过节，却没想到意外生病了，于是那一年的3月至4月中旬，

---

① 又称送冬节，烤薄饼周，现在谢肉节开始于东正教复活节前的第8周。——译者注

他都待在家里养病,当然这只是个特例。对米佳来说,在家度过的那些日子在他的脑海中留下了不可磨灭的记忆。大概有两个礼拜的时间,他只能一动不动地躺在床上。随着时间的推移,外面的阳光和热量日益增多,于是米佳透过房间的那扇窗户,去观察天空、积雪、园圃、树干以及树枝是如何一天天改变的。清晨来临的时候,米佳发现太阳的光芒会照进自己的房间,不仅看上去十分透亮,而且还非常温暖,很早就清醒过来的苍蝇,已经开始在窗户的玻璃上来回爬动了……到了下午时分,太阳已经移动到房屋后边,用自己的光芒照射着房屋的另一边,堆积在窗外的那些春雪,原本还是灰白色的,此刻早就变成浅蓝色了,透过树梢往上看,一朵朵洁白的云朵正在湛蓝色的天空中飘浮……一天以后,原本白云朵朵的天空会突然变得乌云密布,在这些厚重的云层中,会猛地闪现一些非常刺眼的线条,紧接着,雨水会不停地从房檐上往下掉落,干枯的树皮也会变得湿润起来,一闪一闪地发出亮光,如此的景象,简直令人心旷神怡……在那之后到来的,是十分暖和的雨雾天。用不了几天,地上的积雪就会慢慢消融,河流也会再次流淌起来,无论是园子里的土地,还是院落里的地面,全都会展现在你眼前,它们看上去黝黑,令人感到新奇而又快乐……在米佳的记忆里,印象最深刻的就是3月末的一天,他在那天骑着马去野外,当然,这可是他头一次骑马。虽然园子里的树木还没有绽放花朵,看上去还有些灰不溜秋的,甚至覆盖在上方的天色也显得非常昏暗,但这里的一切全都充满了生机,显得如此青春、活跃。这个时候从田野上刮过的风依然非常寒冷,虽然那些残留在田地里的棕红色麦茬,看上去无比凄凉,但那些被人们用工具翻新过的、即将播种的土地(此时人们早已站在燕麦地里,打算翻新那里的土地)却散发出属于大地的最为原始的力量，它们看上去黝黑得发亮，简直就像是能放射出明亮的光芒来。米佳直直地朝着那片小树林出发，中途穿过了那片满是麦茬的田地，以及那些被人们翻新过的、用来耕种的土地，此时放眼望去，可以准确无误地发现那片小树林正被洁净的空气包裹着，只不过，它看上去非常荒芜，几乎没有长出一片树叶。由于那片小树林位于一处洼地上，想要到达那里，必须从一面斜坡上下去，于是米佳骑着马往下走去。地面上堆着一层厚厚的落叶，是去年从树上掉下来的，那些淡黄色的早就干枯了，而那些咖啡色的依然非常潮湿，当马蹄从这些落叶上经过时，发出了沙沙的响声。紧接着，米佳骑着马跨过了几条小河谷，虽然每条河谷上面都堆满了落叶，但底下的水流却依然很大很快。就在这时，原本躲藏在灌木丛中的几只暗金色的山鹬突然呼的一声跑了出来，飞快地从马腿下方穿过，然后一跃飞走了……就是这样的一个春天，特别是米佳骑马外出的那天，他感受到了从田野里迎面吹来的凉风。至于他骑着的那匹马，一边卖力地往前走着，一边张开鼻孔往外喷吐响亮的气息，流露出十分迷人的野性美，甚至它的肚子里还会传出高声鸣叫的声音，它不仅穿过了那片满是潮湿的麦茬的田地，而且还成功地从不久前才翻耕过的软绵绵的黑色土地上走过……然而，对于米佳来说，这所有的一切到底包含了些什么呢？在那个阶段，无论是女子中学的女学生们，还是这个世界上的全部女生，米佳都对她们抱有浓烈的爱慕之情，正是因为这样，所以那个春天在他眼中，就完全等同于他内心最纯朴的初恋，也就是他对某个人和物付出全部爱意的那个阶段。然而现在，对米佳来说，那段时光和他之间隔了多么远的距离啊！处于那个阶段的他，其实彻彻底底就是个孩子，他身上的一切全都不值得一提，无论是他纯真、善良的品性，还是内心的苦痛、幸福以及梦想!他在那个阶段所萌生的爱意,仅仅就是个梦,抑或是对某个甜美的梦的追忆罢了,根本就没有特定的对象。现在,卡佳出现在这个世界里,不仅能将这个世界呈现出来,而且还超越了这个世界以及世上的所有精神。

十

在乡下度过的那段时光里,唯有一次当米佳在脑海里回想起卡佳时,他感受到了痛苦和不安。

某天夜里,米佳独自走到房屋后边的台阶上。当时天色早就黑了,伸手不见五指,空气中飘来一股从田地里散发出来的湿漉漉的味道,周围的一切全都悄无声息,安静极了。在园子的正上方,模模糊糊地显现出一片天空,上面有许多闪烁的星星,它们从云朵里探出脑袋来,就仿佛一个又一个满含泪水的眼睛似的。就在这时,突然传来一声咕咕的叫喊声,听上去古怪极了,像是从远处的某个角落里传出来的。这声怪叫刚一结束,又传来一阵大声的哭喊和尖叫声,听上去十分凄惨,难听极了。米佳心里不由得打了个寒战,呆呆地在原地站了许久,当他回过神后,忍不住在心里想道:究竟是什么东西突然朝园子发出像刚才那样恐怖的尖叫声呢?这个东西现在到底藏在什么地方呢?于是,米佳十分谨慎地从台阶上走下去。虽然眼前的这条林荫道看上去并不是非常友善,甚至各个角落都向他发出警告的意味,但他却依然走了进去,并再次停下脚步,侧着脑袋仔细聆听起来。或许只是一只正在交配的林鸮发出的叫声而已,虽然米佳的心里是这样认为的,但是一想到此刻那个可怕的东西正藏身于漆黑的夜色中,他就不由得感到一阵害怕,甚至身体有些失去知觉了。忽然间,一声凄惨的尖叫声响起,这可把米佳吓坏了。紧接着,那个可怕的东西朝园子里的其他角落移动了,虽然它并没有发生任何声音,但周围的树梢却突然发出一阵唰唰唰的响声。很快,这个可怕的东西又开始大声吼叫了,之后它又发出了十分凄惨的哼哼声,就如同一个苦苦哀求的婴儿似的。慢慢地它又放声哭喊起来,一边奋力地扇动翅膀,一边疯狂地高声叫喊,仿佛正在经历一种难以抗拒的高潮。在那之后,它又发出一阵肆无忌惮的狂笑声,仿佛是在被挠痒痒、蹂躏一般。米佳目不转睛地看向那个黑漆漆的角落,虽然他的身体正在不停地哆嗦,但却听得非常认真。突然,那个可怕的东西像是屏住了呼吸,猛地一下逃脱了,紧接着伴随着一声从它喉咙里发出的凄惨的鸣叫,它彻彻底底地销声匿迹了。那声鸣叫就如同去世以前的最后一次爆发,简直就像是要将这座黑漆漆的园子扯破一般。米佳并没有马上离开,而是继续在原地待了一会儿,只不过,这种令人恐惧的交配并没有重新上演,于是他只好安静地转身回屋。就在那天夜里,他做了一个可怕的梦——在梦中,那些他在莫斯科的3个月期间所产生的变态的、厌恶的想法以及情感,将他好好地折腾了一番,而这些全都是从他对卡佳的爱慕中演变来的。

只不过一夜过后,当清晨的阳光再次照耀着他时,昨天晚上他所感受到的痛苦很快就消失了。在米佳的记忆里,当他和卡佳商量好彼此需要分开一段时间,而他决定离开莫斯科时,卡佳流下了泪水。接着，他又忍不住回想起，当卡佳知道6月初的时候，他也会出现在克里米亚时，她看上去是多么的开心。当卡佳为他整理远行的行李时，她看上去是多么的迷人，甚至就连卡佳在车站为他送行的场景，同样是触动人心的……他将随身带着的那张卡佳的照片拿了出来，仔细地盯着卡佳那颗收拾得非常美丽的脑袋，欣赏了很长时间。卡佳的两只眼睛看上去又大又圆，目光直直地看向前方，从中流露出的眼神竟然会如此天真透彻，这让米佳感到万分诧异……于是他马上写了一封饱含激情的长信寄给卡佳，在信中，他向卡佳表达了自己对他们的爱情期许满满。就这样，卡佳继续鲜活地存在于米佳所依赖和爱慕的那些事物之中，她不仅饱含爱意，而且持续不断地被米佳感知着。

米佳的爸爸是在9年前过世的，时至今日，米佳依然清晰地记得自己在那个时候的感觉。当时，刚好也处于春天。爸爸过世的次日，被安放在大客厅里的一张长桌子上。他的脸上零零落落长着黑色的胡子，鼻子惨白，身上穿着一套贵族式的制服，胸膛高高地向上鼓起，两只同样惨白的大手交错放在上面。当米佳从大客厅走过时，他感到一阵惧怕，内心充满了纠结和不安。一块巨大的棺材盖立在门旁的台阶上，它上面还覆盖着一块金色的锦缎，当米佳来到外面后，忍不住朝它看了一眼，就在那一瞬间，他突然意识到原来这个世界上真的存在死亡！甚至可以说，无论什么地方，死亡都是真实存在的，它可以存在于阳光中，存在于院子里长着的在春天发芽的小草中，存在于空中，存在于花园里……米佳来到园子里，直直地朝那条两旁种着椴树的小路走了进去，阳光透过树丛的缝隙照射下来，在路面上形成不规则的亮影。随后他拐入身旁的另一条小路，那里的光照似乎更加丰富一些。米佳欣赏着周围的一切——树木，刚刚诞生的白蝴蝶，以及小鸟们发出的第一阵悦耳的歌声。无论是那张摆放在大客厅里的长桌子,还是那块被锦缎覆盖着的棺材盖,几乎所有的事物都潜藏着死亡的可能性,米佳的大脑变得一片空白!和之前相比,仿佛所有的事物都变得不一样了——太阳看上去黯淡了许多,小草看上去没有那么嫩绿了,甚至就连蝴蝶也不愿待在那些在春天长出来的小草上,因为只有它们的脑袋是热乎乎的。总而言之,和昨天相比,眼前的一切全都发生了变化,又仿佛是因为世界即将毁灭了,所以这一切又全都大变样。就算是春天所拥有的光彩艳丽,以及永不消失的活力,在此刻看上去同样充满了悲戚!就是在这样的心理状态下,米佳度过了整整一个春天。虽然这里的房屋被反复清洗了很多次,甚至还散了好久的气味,但是在很长一段时间里,人们总是隐隐感觉这里边有一股奇怪的味道,让人感到既可怕又反胃……

现在,虽然在本质上是截然相反的,但是米佳的心里再次感到疑惑不已。相较于之前度过的任何一个春季,这个春季由于米佳拥有了第一次恋爱而显得与众不同。虽然好像有某种外来物闯入了这个世界,并让它再次发生了改变,但这并没有任何的危险,根本就没什么好怕的,甚至令人完全意想不到的是,它竟然能非常巧妙地与属于春天的快乐和活力融为一体。事实上,卡佳就是那个外来物,或者说得更加准确一点儿,那就是米佳对卡佳提出的渴求,他期望卡佳可以将这个世界上最美好的东西给予他。米佳对卡佳所提出的渴求,随着春天的推移日益增多。如今,由于米佳身边并没有卡佳的陪伴,他所看到的卡佳并不是真实的,而仅仅是存在于他脑海之中的他所期望的卡佳的样子。当米佳看到任何事物时,他总会认为自己的卡佳就鲜活地存在于这些事物之中,并且日益变得真实起来,之所以会这样,是因为卡佳本人好像根本就没有做出什么出格的事情,从而对米佳想象中的那个完美的卡佳的形象造成损害。

十一

正是怀着这样的想法，米佳度过了回家后的第一个礼拜。在这期间，他的内心不仅没有一点儿怀疑，反倒感到十分幸福。当时，真正的春天似乎还没有降临。小客厅里有一扇窗户打开着，米佳就静静地坐在这扇窗户旁边，手里拿着一本书。房屋前边有一片小花园，里面长着若干冷杉和松树，米佳的视线从这些树干间的空隙里穿过，一直看向位于草场上的那条污浊的小河流，在它旁边有一面山坡，坡上分布着些许村庄。离得不是很远的地方，有一处地主家的庄园，里面种着的桦树，迄今已经有上百年的历史了，每天天刚亮，住在里面的白嘴鸦就会千方百计地开始搭建自己的巢穴。它们的嘴巴一刻不停地鸣叫着，发出只有初春时分才可以听到的声音，并一直持续到晚上才结束。坐落在那面山坡上的村庄此时看上去依然十分荒凉，甚至还有些湿漉漉的，唯有那片柳林变了样，换上了嫩绿色的新衣……米佳起身来到园子里，虽然这里看上去依然十分荒凉，没有长出任何高大的东西来，但是那些并没有种植树木的光秃秃的土地却变绿了，嫩绿的小花装饰着园中的每个角落，几乎每条小路旁都种着槐树，树上早已有叶子长了出来，看上去毛茸茸的，在南边的凹地上有一片樱桃林，那里同样早已绽放出无数灰白色的小花朵……紧接着，米佳又来到了田地中，除了好像刷子似的矗立在土地上的麦茬外，这里依然是一幅光秃秃的景象，看上去没有一点儿生机和活力，分布在田地之间的紫色小径早已变干，看上去有些崎岖不平……眼前的这一切是完全袒露着的，正在等候春天的到来，它们其实就是卡佳。然而，如果只从表层来看的话，米佳关注的焦点好像发生了改变——他开始对那些跑来这里做各种杂活的乡下女孩，以及那些住在仓库里的帮工们感兴趣，开始喜欢上看书、溜达，甚至还乐于去探望那些他认识的住在村子里的人，乐于和母亲聊天，乐于和庄头儿（他是一个已经复员的士兵，个头很高，显得有些鲁莽）一起去田地里，当然是坐着那辆有两个车轮的车去的……

就这样，一个礼拜又过去了。自从某天晚上，一场倾盆大雨从天而降后，这里的春天突然变得多姿多彩、生机勃勃，就连太阳也猛地活跃起来，不断地往外释放热量。于是，眼前的一切开始每时每刻地变换模样。随着农耕的展开，原本长着麦茬的田地全都变样了，看上去就像是一块块黑丝绒似的，天空显得越来越湛蓝和明亮了，土地之间的分界线变绿了，院子里的小草粗壮了，甚至园子也猛地换上了绿色的新衣，看上去不仅非常鲜亮，而且十分柔和。原本颜色暗沉的丁香树枝渐渐变成了浅紫色，并且有好闻的气味从里面散发出来。突然出现了很多大黑苍蝇，它们要么趴在绿得发亮的丁香树叶上，要么趴在太阳在小路上投射出的暖和的亮影上，就好似金属一般，它们的身体上闪动着蓝色的光芒。除了部分浅灰色的刚刚长出来的嫩叶，苹果树和梨树的枝条依然是光秃秃的，只不过，对于那些将自己盘亘交错的树枝伸到其他树下的苹果树和梨树来说，它们的枝条上绽放着无数朵嫩白的小花，看上去就如同头顶长满了白花花的头发一般。随着时间一天天地推移，这些小花会变得越来越白、越来越多、越来越香。身处在这样一个美好的春天，对于四周的事物所出现的一切改变，米佳不仅感到非常开心，而且十分认真地观察着。然而即使这样，卡佳却依然存在着，甚至无所不在。不管是生机勃勃的春天，还是白得越发壮丽的园子，抑或是日益湛蓝的天空，卡佳总是能将自己融入这所有的一切之中，并让自己的美从中发光发亮。

十二

　　某天午饭结束后,到了享用茶水的时间,太阳在这个时候早已偏向西方了,它的光芒将整个大客厅照得通亮。当米佳走进去后,突然发现有一封信正放在茶具旁边,他的心里感到十分震惊,为了等到这封信,他可整整耗费了一个上午的时间。米佳三步并作两步,很快来到餐桌前(这封来自卡佳的回信应该更早一点儿出现,因为米佳从很早以前就开始给卡佳写信了,至今已经写了好几封了),对米佳来说,眼前摆放着的这封信不仅非常灿烂醒目,而且十分震慑人心,虽然它看上去不是很大,但却非常别致好看,尤其是信封上的那些并不是很好看的字迹,是米佳再熟悉不过的了。他猛地将这封信拿了起来,然后急匆匆地朝屋外走去,脚步迈得非常大,很快他就来到了园子里,接着又顺着那条林荫道朝下边走去,一直到了那片凹地所在的位置,也就是园子的最末端。这时,米佳才停了下来,他扭头朝后边看了看,然后飞快地将手中的这封信拆开。虽然这封信并不是很长,就短短几行而已,但是米佳实在是太紧张、太激动了,他的心咚咚咚地跳个不停,因此他至少原原本本地读了5遍,才理解信的内容。尤其是"我的最爱,我的全部!"这句话,米佳反反复复看了很多遍,以至于他的内心竟然有些轻飘飘的感觉。他仰起脑袋,瞪着两只眼睛看向天空,这时才发现原来园子上方的天空是如此明亮,而且充满了欢乐的气氛。白色的花朵在四周的果树上竞相开放,看上去十分壮丽。傍晚就快来临了,一只躲在远处嫩绿的灌木丛中的夜莺似乎早已感受到了凉意,于是以响亮而清脆的嗓音无私地唱了起来,这可是只有夜莺才有的热情。就这样,他突然感到一阵恐惧,身体不由得颤抖起来,脸上的血色也随之消失了……

　　米佳的那个名为爱情的杯子早已被填满了,因此当他往回走的时候,步子迈得很小,速度很慢。在那之后的若干日子里,米佳始终将这个名为爱情的杯子谨慎地捧在手中,宁静而又快乐地期待着下一封来信。

十三

园子里来了一次大变样,到处都换上了各色各样的服装。

在园子南边有一棵年份久远的老枫树,由于它是这里最高大的一棵树,不管站在哪个角度,都可以看到它的身影。此时此刻,这棵老枫树不仅长高了许多,变得更引人注目,而且还换上了崭新的春装,看上去光鲜亮丽极了。

米佳最喜欢做的事,就是站在自己房间的那扇窗户前,远望外边的那条林荫道,道路两旁的老椴树看上去变得更加高大、更加夺目了。虽然树顶端的那些叶子还非常鲜嫩,甚至有阳光从上面零零散散地照下来,但这些老椴树却组成绿得发亮的成行的队伍,笔直地屹立在园子里。

园子里还有一片芳香扑鼻的稠李树,树上绽放的花朵如同卷发一般,相较于南边那棵最高大的老枫树,以及林荫道两旁的高大的老椴树,这片稠李树的高度明显要低很多。

生长在这个园子里的一切:那棵绿荫如盖的老枫树,那一行行换上绿色春装的老椴树，那一棵棵犹如穿着婚纱的苹果树、梨树、稠李树，那轮又大又圆的太阳、蔚蓝色的明亮的天空，甚至那些茁壮成长的植物——丁香、刺槐、醋栗、牛蒡、荨麻以及艾蒿等，它们出现在各个角落里——园子的最末端、凹地里、林荫道的两旁、小路旁边以及房屋靠南的墙角下……所有的一切全都显得十分茂盛、十分鲜活，这令人感到诧异。

四周的植物慢慢地变高变大，并不断向干净整洁的前院靠近，使前院看上去变小了一点儿。大宅也出现了相同的变化，然而即使这样，它们却显得更加好看了。从早到晚，家里的任何一间房间的门窗全都是打开的，就如同即将会有客人出现似的，比如纯白色的大客厅，老式的蓝色小客厅，同样是蓝色的堂屋——虽然面积并不是很大，但却有很多椭圆状的小相框挂在里面，以及一间空空如也的大图书室——它位于拐角的位置上，光线非常好。一些年份久远的陈旧的圣像被供奉在屋角上边，用矮桦木制作而成的书柜顺着墙壁摆放起来。园子里的各类绿树全都盯着这些房间，看上去一片欢欣鼓舞的模样，虽然它们的颜色深浅不一样，但都一个劲儿地朝大宅逼近。透过那些相互交错的树枝，隐约能看到湛蓝的天空。

只不过，从那以后，再也没有卡佳的来信。虽然米佳极力地用理性来说服自己——他清楚写信对卡佳来说，是一件十分困难的事情，她不仅根本不擅长写信，而且就连坐在书桌前找到纸笔和信封，以及购买邮票之类的事都较难办到……但这些客观的认定依然慢慢失去了效用。在米佳等待卡佳的第二封来信时，他的内心充满了自信，不仅感到非常快乐，而且还有些许的骄傲，然而，几天以后，这样的自信就消失不见了，伴随而来的是日益剧增的烦恼与不安。在米佳看来，因为有了像第一封那样让人激情澎湃的来信，卡佳理应继续写一些更加美好的回信。然而,从那以后,卡佳再也没有寄信给他。

基本上,米佳不怎么外出,也不会去村庄或者郊外闲逛。图书室的书柜里摆放着许多陈旧的杂志,它们都是几十年以前的东西,如今书中的纸张全都泛黄了,并且一不小心就会弄破。米佳总是独自待在这里,认真地翻看杂志。在这些杂志中,米佳看到了很多老诗人创作的诗歌,它们不仅十分优美,而且具备一个相同的核心,至于这个核心,几乎是世界诞生以来,任何一首诗歌都在极力表达的内容,同时也与米佳的内心所渴求的东西相统一。这样一来,米佳不由得产生了一种感觉,那就是这些诗歌的核心几乎和他本人、他的爱情以及他的卡佳息息相关。就这样,在那把放在书柜前的椅子上,米佳一连坐了好几个钟头,嘴里不停地读道:

亲爱的朋友,人们全都进入了梦乡,快和我一起去绿色的园子吧!
人们全都进入了梦乡,盯着我们看的,仅仅是天上的那些星星而已……

眼前的这些优美动人的字词和呼喊,简直就像是从米佳的嘴里说出来一般,至于它们是说给谁听的,目前看来,好像就是米佳脑海中的那个独一无二的女子。无论何时何地,她都会浮现在他眼前,几乎无处不在。在这些诗歌中,部分诗句的语调听上去是十分肃穆的:

湖面如同镜子一般宁静
天鹅在上面挥动着双翅——
湖水开始泛起轻微的波澜:
快过来啊!天上的星星在一闪一闪地发亮,
树上的叶子在慢悠悠地来回摆动,

天空中飘浮着一朵朵洁白的云彩……

米佳的身体突然感到一阵寒战，两只眼睛紧紧闭了起来，爱的能量将他的内心包裹起来，其中充满了对胜利和快乐的渴望。他将来自内心的呐喊说了出来，反反复复说了好几回。在那之后，米佳目不转睛地盯着前边看，来自乡间的深不可测的宁静将整个院落完完全全地遮盖起来。他侧着脑袋认真聆听着，就这样过了很长时间，他才一脸悲伤地摇了摇脑袋。卡佳依然没有寄信给他，此刻，在与这里相距甚远的莫斯科，她正成为某个团体里的佼佼者，至于米佳，则完全脱离在这个团体之外！正是因为这样，米佳内心的浓厚的情意再次消退下去，取而代之的是那些更加嘹亮和严苛的声音，它们就如同魔咒一般，根本不知道来自什么地方，不断地向四周分散：

快过来啊！天上的星星在一闪一闪地发亮，
树上的叶子在慢悠悠地来回摆动，
天空中飘浮着一朵朵洁白的云彩……

十四

某天吃完午餐后（通常，这里的人们会在正中午的时候享用午餐），米佳在床上眯了一小会儿，接着就迈着步子，慢慢地朝园子走去。为了翻耕苹果树下的土地，并补些新土壤进去，经常会有些女孩子跑来这里干活，她们就住在这个村子里。这一天，她们同样出现了。米佳来到这些女孩身边，一屁股坐了下去，然后和她们随便聊了一阵儿，如今他早已适应了这些。

这一天的天气变热了不少，而且没有一点儿风吹过。太阳从那条大林荫道的树丛间透下来星星点点的阳光，当米佳从里面经过时，发现周围的树枝上全都绽放着白色的小花，它们看上去就像是雪白雪白的头发，一直向远方延伸过去。在这些开花的树中，当数梨树的花朵绽放得最为茂密，满眼望去几乎是一片白色的海洋，它们和碧蓝色的天空相辉映，营造出紫色的视觉享受。由于梨树和苹果树总是不断地往外绽放白色的花朵，较早开放的花朵就会凋零飘落，此刻树下那片被翻耕过的松散的土壤上，早已堆满了一层层枯萎的花瓣。空气变得温暖多了，花朵们散发出来的芳香，似乎还有一些甜甜的味道，这种芳香随着空气往四周飘散，并和一种臭臭的气味混合起来，那是堆放在牲畜院子里的粪便的味道，由于太阳长时间的照射，粪便早已腐烂发臭了。有时候，湛蓝色的天空中会有一朵洁白的云彩出现，这样一来，天色看上去会变浅一点儿，而那些在温暖的空气中四处飘散的来自腐烂的植物的味道，也会变得越发细腻，甚至闻起来更有感觉了。暖融融的空气里满是芳香的气味，在散发出蜜香味的白色的花丛中，蜜蜂正忙着收集花蜜，它们发出的嗡嗡嗡的响声，让人沉醉其中，这简直就是春天的乐园。在白天无所事事的夜莺，时不时会发出一两声清脆的叫声，此起彼伏。

　　在大林荫道的最末端，有一座庄园大门，从大门进去就能走到打谷场去。远处靠左的位置，有一处挡在园子外边的土坝，在它的一角长着茂密的云杉树，看上去漆黑一片，苹果树就长在这片云杉林旁边，此时，有两个女孩正站在那里。如同往日一般，米佳在这条大林荫道上刚走了一半，就朝一侧拐过去了，因为在那里有一群女孩子。四周长着一些十分低矮、纤长的树枝，米佳只能弯腰前行，即使是这样，那些树枝依然会十分轻柔地与他的脸颊发生触碰，并时时散发出一种好闻的味道，分不清是蜂蜜的香甜还是柠檬的清香。这次也不例外，米佳刚一出现在这里，那个名叫索尼卡的女孩——她拥有一头棕红色的头发，身体非常瘦弱——就突然疯狂地大笑、大叫起来。

　　"哎哟，主人出现啦！"索尼卡原本坐在一根非常粗壮的梨树枝杈上休息，此刻她一边大声地叫喊，一边摆出一副受惊的模样，猛地从枝杈上跳了下来，然后朝着自己的那把铁锹直直地跑过去，整个过程看上去刻意极了。

除了索尼卡，在场的还有另外一个女孩，名字叫作格拉什卡，她的个头很高，看上去非常有气魄，只是她始终紧皱眉头，摆出一副严厉的模样，与索尼卡表现出的惊恐截然不同。格拉什卡完全装作没有看到米佳，依然十分淡定地将自己的脚放在铁锹上，然后用劲踩进土里。她的脚上穿着一双黑色的软毡鞋，上面早已落满了从树上掉落的白花。她一边将铲下来的土块背扣在地上，一边用响亮而又动听的声音唱了起来："园子啊，园子啊，你到底是在为什么人绽放花朵！"

米佳朝索尼卡之前坐过的那个位置，也就是那根早已枯死的梨树的枝杈走了过去，然后一屁股坐了下去。索尼卡有意摆出一副嬉皮笑脸的样子，眼神中透着光亮，一边朝米佳看了一眼，一边大大咧咧地向他问道：

"看样子，您刚醒过来吧？您可要留意一点儿，别把正事给耽搁了！"

在米佳面前，索尼卡之所以会显得如此慌张不已，甚至就连说话也颠三倒四的，其实是因为她对米佳充满了好感，爱上了他，只是她并不想让米佳察觉，因此才会绞尽脑汁地想要将自己的真心隐藏起来，当然她做得并不是很好。同时，米佳始终显得有些失魂落魄，因此索尼卡隐约认为他身上肯定是发生了些什么，于是她总会试着旁敲侧击。当索尼卡和米佳谈话的时候，她有时候显得十分温顺，目光中也饱含了深情，然而有时候她又会变得十分刻薄无情，甚至表现出敌对的情绪。之所以会这样，是因为她觉得米佳可能已经跟那个名叫帕拉莎的女仆在一起了，即使不是，那他们最起码正处于暧昧阶段。虽然索尼卡对待米佳的态度时时改变，但这并未给他带来困扰，反而让他体会到某种奇特的快乐。当索尼卡旁敲侧击的时候，也就是她怀疑米佳对某个人产生了爱慕之情的时候，米佳的心里会感到十分开心，因为索尼卡的这些怀疑和猜想完全戳中了他藏在心底的苦恼，加上始终没有卡佳的来信，现在的米佳完全是在没有尽头的等待中遭受折磨，甚至他早已失去了正常生活下去的能力，同时，对藏在心底的隐秘和苦恼，他根本找不到一个合适的对象，来将卡佳以及自己对去克里米亚这件事的期许全部袒露出来。此外，还有一件事让米佳感到兴奋不已，那就是索尼卡喜欢上了他。这就意味着从某些层面来看，索尼卡和他之间产生了某种亲密关系，并且以参与者的身份变成了他感情生活的一分子，甚至他的脑袋里偶尔会产生一种难以理解的渴望，那就是让索尼卡替代卡佳，来承受自己内心的浓烈爱意。

就在这一天，索尼卡对米佳说："您可要留意一点儿，别把正事给耽搁了！"仅仅是这么一句话，却再次不经意地触碰到了米佳藏在心底的秘密。米佳朝周围看了几眼，发现他的正对面有一片长得十分繁茂的云杉林。在火热的阳光的照耀下，这些原本呈深绿色的云杉树全都变成了黑色。树顶看上去尖尖的，在它上面是一片广阔的蓝天，看上去十分宏伟。整片园子被椴树、枫树以及榆树的鲜嫩的树叶遮挡了起来，形成了一个十分简易的凉棚，阳光将这些叶片照得闪闪发光，并透过树丛间的空隙，向绿草、小路以及空荡的地面上投下零零散散的光影。洁白的花朵在这个简易的凉棚下竞相开放，并散发出沁人心脾的香气。当阳光将这些花朵照得通亮时，它们看上去就如同瓷花一般明亮。米佳忍不住笑了起来，并向索尼卡问道：

"遗憾的是，我根本就是无所事事的，哪里还能耽搁正事呢？"

"行了吧，就算您不愿意对天起誓，我也坚信不疑！"索尼卡又是一阵嬉皮笑脸,扯着嗓子说道,一点儿也不含蓄。在她看来,米佳不可能没有风花雪月的事情,而她的这种坚信不疑再次让米佳感到了难以言表的欢快。就在这时,索尼卡突然高声叫喊起来,原来是一只从云杉林里悄悄出来的牛犊——它身体是棕红色的,脑袋前边长着一束白色的鬈毛——慢慢地来到索尼卡身后,将她身上穿着的那件印花布质地的连衣裙的裙边噙在嘴里,美滋滋地开始咀嚼,索尼卡吓得赶忙将它赶走。

"我的天哪,这讨厌的家伙!没想到老天爷还派来这么个小畜生呀!"

"我听别人说,你已经被求婚了,真是这样吗?"米佳很想跟索尼卡聊天,只不过他的头脑里一片空白,根本不晓得说些什么才合适,"我还听别人说,对方不仅长得十分英俊,而且还很有钱,你爸爸非常满意,但你却拒绝了……"

"有钱是很有钱,只不过,他的脑袋早就变成一团糨糊了,看上去傻里傻气的。"索尼卡的脸上表现出一丝骄傲,开心地补充道:"或许啊,我早就有心上人了……"

一旁的格拉什卡仍在卖力地干活,脸上的神情看上去严厉而又静谧,她一边摇了摇脑袋,一边小声嘀咕道:

"你这个不知天高地厚的姑娘,说起话来一点儿也没有分寸!你在这里说大话,过不了多久,整个村子就全都会知道了……"

"你别烦人,赶快闭上你的嘴巴吧!"索尼卡有些生气地大喊道,"我自己一个人完全可以应付得过来!"

"那你的心上人到底是谁呢?"米佳好奇地问道。

"实话实说吧!那个在您家负责放牛的老头子,他就是我的心上人。只要一和他碰面,我就会从头到脚感到温暖!比起您心中的那个人，我并没有什么不足之处，只不过，我就是喜欢年纪大的。"索尼卡的这段话充满了挑衅的味道，不难看出，她是在讽刺那个名叫帕拉莎的女仆——她已经20多岁了，在当地人眼中，这个年纪的女孩完全可以称得上是大龄女了。就在这时，索尼卡突然将手中的铁锹扔下，然后毫无畏惧地坐到了地上，就如同这是她偷偷喜欢米佳所应具备的勇气一般。她的双手慵懒地耷拉下来，两条腿伸得笔直，两只轻微叉开的脚上套着印有五颜六色花纹的毛线袜，外面穿着一双劣质的破半筒靴。

"我的天哪，虽然我什么都还没做，但已经累坏了！"索尼卡一边笑着，一边高声说道，随后，她又扯着又尖又细的嗓子开始唱歌了：

我的这双破旧的半筒靴，
靴子前边抹了漆……

紧接着，索尼卡再次笑着大喊道：
"只要您愿意和我一起去那个窝棚里休息，无论是什么要求，我都愿意接受！"

索尼卡发出的这阵笑声，让米佳为之动容。他的嘴角向上咧开着，露出一脸尴尬的笑意，这时他猛地从枝杈上往下一跃来到地面上，然后整个人在索尼卡身边躺了下来，并把她的腿部当作枕头，将脑袋放在上面。虽然索尼卡一下子将腿抽走了，但米佳却不愿放弃，又将自己的脑袋放了上去，就在这时，前些日子刚读过的那些诗句再次浮现：

玫瑰啊，隐藏在那之中的快乐的能量，

我看到它那绚丽夺目的卷再次舒展开来,

并又一次让甘甜的露水进行洗礼,以此变得柔软湿润——

在这个充满爱的世界里,一眼望不到头,

其中的美妙简直难以言喻,芳香四溢,多姿多彩,

而它,就这样在我的眼前出现……

"离我远点儿!"索尼卡一边尖叫着,一边从米佳的脑袋下挣脱开来,看样子她是真的感到恐惧了,"听到我的叫喊,整片林子里的狼也会跟着一起嚎叫!虽然爱的火苗曾在我心中燃烧过,但此刻它早已熄灭,而我也没有任何可以送给您的东西!"

听了索尼卡的这番话,米佳并没有回应,而是默默地将双眼闭了起来。透过树叶、树枝以及盛开的梨花之间的缝隙,太阳往下投射出深深浅浅的光影,米佳的脸被这些光影晒得有些发烫,甚至有些隐隐作痒。看到米佳脑袋上的那些又粗又黑的头发,索尼卡忍不住伸手拽了拽,她的动作显得十分轻柔,但同时又相当粗鲁:"您的头发几乎和马鬃没什么区别!"她一边大声说着,一边用他的那顶帽子盖住了他的双眼。米佳的脑袋放在索尼卡的腿上(这个世界上最恐怖的东西,其实就是女人的双腿!),同时还和她的肚子挨在一起,从她身上穿着的那件花布裙以及外套上所散发出的味道,不仅早已钻入米佳的鼻孔,而且还与眼前这片花朵盛开的园子,甚至与卡佳完全融为一体了。无论是眼前所呈现的这一切事物——躲在各个角落的夜莺,正在十分慵懒地鸣叫,不计其数的蜜蜂正来来回回地忙碌着,它们发出的嗡嗡声简直就是催眠曲,让人不由得想要睡过去,暖融融的空气里飘散着一股甜蜜的香气……还是仅仅凭借背部就能感受到的泥土,全都让米佳感到痛苦不堪,他迫切地想要获

得一种完全凌驾于世界之上的快乐，几乎就快坚持不下去了。就在这时，对面的云杉林里突然传来一阵不安分的、欢乐的笑声，随后又传来一阵令人胆战心惊的、吵闹的咕咕声，听上去是如此逼真、如此刺耳，即使是小舌尖因为振动而产生的低沉的响声，也都听得一清二楚，米佳的内心被自己对卡佳所抱有的渴望（这个渴望就是，不管怎样，他都希望卡佳可以马上将那种凌驾于世界之上的快乐带给他）给控制住了，无奈之下，他只好猛地从地上起来，然后迈着大步离开了。看到米佳的这一系列反应，索尼卡感到万分诧异。

伴随着从云杉林里传出的响声，这个迎来春天的世界仿佛突然毫无保留地张开了怀抱，那阵刚好在米佳的脑袋上响起的声音听上去不仅十分吵闹，而且相当清晰，简直让人感到毛骨悚然。就这样，原本对快乐充满了无尽欲望的米佳，突然萌生了这样一个想法，那就是：莫斯科那里肯定有事发生了，或者说即将有事发生了，卡佳再也不会给他寄信了，而他也彻彻底底地被抛弃了！

十五

大客厅里立着一面镜子,米佳回家以后,在镜子前停了好一阵儿,内心不停地嘀咕着:"就算我的两只眼睛长得和拜占庭人的眼睛不一样,但最起码它们同样显得非常狂妄,这一点,她之前倒是并没有说错。还有我这瘦骨嶙峋的身体,看上去既不对称也不灵活,这两条黑乎乎的眉毛,真是太阴郁了,至于这头黑发,就如同索尼卡说的那样,又粗又硬,简直就和马鬃一模一样呢!"

突然,一阵急促的脚步声从米佳身后传来,来人听上去好像没有穿鞋的样子。米佳循着声音转了过去,看上去有些窘迫。

"您一直站在这面镜子前照来照去,想必您有心上人了。"原来是那个名叫帕拉莎的女仆,她刚好从米佳身边走过,手里端着茶具,一边直直地朝阳台走去,一边热情地对米佳打趣道。

"您的母亲正在等您呢。"帕拉莎一边说着,一边将手里的茶具放到眼前那张早已准备好的茶桌上,伴随茶具与茶桌碰撞后发出的咚的一声,她飞快地转身朝米佳看了一眼,眼神十分尖锐。

"一切全都被公开了,全都被看透了!"米佳的心里不由得嘀咕道。费了好大的劲儿,他才鼓起勇气向帕拉莎问道:

"我母亲在什么地方?"

"就在她自己的房间里。"帕拉莎对米佳说道。

松树和冷杉用自己满是针叶的树枝将阳台遮盖起来,为它搭建出一片阴凉的区域。此刻,太阳早已从整座宅院上方经过,并慢慢开始西斜了,它如同一面镜子一般,不停地窥探着阳台上的那片阴凉。长在松树与冷杉下面的卫矛丛,看上去又明又亮,几乎就像是生长在夏天的植物。茶桌的某些地方因为能得到阳光的照射,显现出温暖的光影,至于阳光照不到的那些地方,则是一片隐约可见的暗影。桌上摆放着一些食物,装在小篮子里的白面包、装在高脚玻璃盘中的果酱以及盛有茶水的茶杯,它们四周正有一群黄蜂在飞来飞去。眼前的这幅景象,非常完美地诠释了夏天的乡村是多么的幸福,生活在这里的人们是何等快乐和自在。为了向母亲证明自己没有任何的苦衷,同时不让她亲自出来迎接自己(比起其他人,妈妈当然是最了解自己内心的那个人),米佳特意穿过大客厅,朝旁边的过道走去——无论是他的房门,还是母亲的房门,甚至于包括弟弟和妹妹的房门,全都集中在这里。这条过道十分昏暗,至于米佳母亲的房间,整体的色彩是偏蓝一点儿的,里面摆放着诸如衣柜、五斗柜、床以及神龛等古典的家具。实际上,母亲并不怎么信奉宗教,不过她依然在神龛前点燃了长明灯。虽然这间房被各类家具装得严严实实的,但却显得十分惬意,一点儿也不拥挤。这间屋子的窗户对面,就是大林荫道的入口处,只要一打开窗户,就能看到位于那里的一个花坛,由于它已经被荒废了很久,上面总是笼罩着一片巨大的暗影。稍稍往前一些,就可以看到那片始终被太阳照射着的园子了,此刻它早已换上了节日的盛装，或绿或白。眼前的这片景象，母亲已经欣赏了很多年了，因此早就习以为常了。比起欣赏外面的景色，她更愿意戴上一副眼镜，专心致志地埋头编织。米佳的母亲已经40多岁了，肤色有些泛黑，个头很高，身材非常苗条，只是脸上的表情有些严厉。这时，她正在放在窗前的那把椅子上坐着，手里拿着钩针快速地来来回回，好像是在织些什么。米佳来到母亲的房间后，恭敬地停在门口问道：

"母亲，有什么事吗？"

"没事，我只不过是想你了，想好好瞧瞧你而已。"母亲对米佳说道，"一天到晚，除了午餐，其他时间我根本连你的人影都看不到。"母亲一边继续钩着手里的东西，一边说道，只不过，她的腔调听上去有些不对劲，似乎太过冷静了。

这时，米佳突然记起了他和卡佳在3月9日那天的谈话，当时卡佳曾对自己说过她对他的母亲感到惧怕，几乎没有任何的缘由，此刻他也体会到了这句话里的言外之意……就这样，米佳感到有些难受，忍不住嘀咕道：

"或许，你是有什么话想告诉我吧？"

"其实也不是多大的事。"母亲回答道，"只不过这些日子，我发现你似乎不是很高兴，好像心里有什么烦心事似的，如果是这样的话，你不妨去外边逛逛……听说梅谢尔斯基家有很多还没出嫁的女孩子……你或许可以先去那里看看。"刚一说到这里，母亲的脸上就突然泛起了一丝浅笑，"况且，在我看来，梅谢尔斯基一家非常不错，而且十分热情好客。"

"那好吧，等过些日子，我就去那里转一转。"费了好大的劲儿，米佳才从嘴里挤出这句话，"阳台那里惬意极了，我们去喝点儿茶水吧……顺便再聊一会儿。"由于母亲是个十分睿智的女人,无论做什么,她都非常有把握,而且懂得轻重,像目前这场没有任何收获的交谈,她一定不想再聊下去了,这一点,米佳心里非常明白。

就这样,米佳和母亲来到了阳台上,并在那里坐了下来,一直到太阳就要落山的时候,他们才喝完茶水。母亲一边继续钩手里的东西,一边对米佳说话,只不过,她所讲的全都是和住在隔壁的人们、家里的活儿以及弟弟妹妹相关的事,比如到了8月,米佳的妹妹又要重新参加考试了!虽然米佳认真听着母亲的话,有时还会附和上几句,但他心里却清楚地意识到,此时此刻的自己好像得了什么严重的疾病,整个人精神恍惚,几乎就和他刚决定要离开莫斯科的时候一模一样。

黄昏的时候,米佳一个劲儿地在房子里来回走动,从大客厅走到小客厅,再进入客堂、图书室,最后再到图书室里那扇朝向园子的窗户前边,然后又掉头往回走,这样的状态大概持续了两个钟头。站在大客厅和小客厅的窗户前,可以看到外面生长着的松树与冷杉,以及从它们的树丛间洒下来的浅红色的晚霞,甚至还能听到帮工们的讲话声和嬉笑声——此时他们正聚在仓库那里,准备享用晚餐。傍晚的天空早已失去了色彩鲜明的纯净之感,此刻正有一颗粉红色的小星星纹丝不动地停在空中,它的光芒从图书室里的那扇窗户穿过去,然后看向那条过道——每间房间都与这条过道相连接。在这片蓝色的天空屏幕上,倒映出枫树的那一顶顶碧绿的树冠,以及整片园子里绽放的白色花朵——它们营造出一种犹如冬天一般的美感。然而,此时的米佳早已顾不上家人的想法了,他也不愿理会他们会如何理解自己的所作所为,只是一个劲儿地往前走,根本停不下来。他将牙齿紧紧地咬合在一起,心里紧张极了,甚至感到头痛欲裂。

十六

正是从这一天开始,对于夏天即将到来之际,四周的一切所出现的各种改变,米佳早已没有了任何心思。对于眼前看到的或是感受到的种种改变,米佳的内心不再能体会到它们为自己带来的特别意义,反而只有无尽的痛苦,尤其是当它们变得越来越美好的时候,米佳的内心就会随之更加痛苦不堪。现在,卡佳几乎会时时刻刻地出现在任何地方,简直变成了一种神奇至极的状况,这实在是太难以置信了。每当一天过去后,米佳都会比前一天更加清醒地意识到,原本完全归他所有的卡佳早就离开了他,成了其他人的玩物,无论是卡佳的肉体,还是她的情感,全都转移到了另外一个男人身上,既然如此,那么对米佳来说,这个世界上的任何事物都是不足为重的,它们只会让米佳感到悲痛,甚至当它们变得越来越好的时候,米佳也会越来越将它们丢到脑后,唯一的感受就是心痛不已。

每天夜里,米佳都会睁眼到天亮,根本就睡不着。然而这段时间的夜晚,天空中总有一轮月亮出现,实在是美极了,难以言表。

月亮洒下银白色的月光,照耀着整片宁静的园子,夜莺正一边沉醉在这个温馨柔美的夜色中,一边十分谨慎地低声浅唱,那歌声听上去一个比一个优美动听、清脆响亮。在园子上方,那轮苍白的月亮正十分宁静、轻柔地挂在半空中。在它旁边,一直飘浮着的青白色云朵,如同零零散散的微波一般,看上去好看极了。米佳虽然躺在床上睡下了,但并没有将窗帘拉上,于是这天夜里,窗外的那片园子以及天上的月亮始终注视着他的房间。每当米佳睁开眼睛的时候,他始终能看到窗外的那轮月亮,这时他的内心总是会忍不住发出一声呼喊:"卡佳!"简直就如同一个已经被魔鬼附身的人一般,与此同时,他的内心会产生一阵非常古怪的感觉,既快乐又悲伤,甚至就连他本人也无法搞清楚:仅仅这轮月亮,又如何能让他联想到和卡佳有关的事情呢?只不过,令人感到诧异的是,这轮月亮不仅让他联想到了一些事情,而且还让他真真切切地亲眼看到了!偶尔,由于对卡佳的思念,以及他们两个在莫斯科经历的点点滴滴实在是太过强烈了,他的身体会因此而不自觉地颤抖起来,于是就算米佳根本什么也看不见,他依然会虔诚地向上帝祷告(遗憾的是,一次都没有实现过),希望可以亲眼看到他和卡佳正在眼前的这张床上躺着,即使是在睡梦中也无妨啊。有一年冬天,大剧院里正在上演歌剧《浮士德》,参演者包括了索比诺夫和夏利亚平,因此米佳带着卡佳一起去欣赏这部歌剧。对米佳来说,那天晚上所经历的一切简直美好极了,让人感到心醉不已,至于为什么会有这样的感觉,谁也说不清楚。由于前来观看的人们实在是太多了,现场的氛围十分热烈,到处都洋溢着一种芳香的气味,至于那个往下深陷的表演大厅,此刻早已被灯光照耀得无比闪亮。在大厅上方有一盏枝形的大吊灯,它向下俯视着整个大厅,并如同能够产出珍珠的蚌一般,不断地往外散发出晶莹剔透的光芒。在那几排富丽堂皇的楼座里摆放着天鹅绒质地的红沙发，上面早就坐满了身着华服的人们。伴随指挥家的肢体动作，位置靠下的乐池里缓缓响起了序曲部分的音乐，有时听上去是一阵震耳的轰鸣声，那代表了恶魔，有时又会是没有尽头的轻柔的乐曲，着力表达的是悲伤的情绪："在很久以前，在一个叫作富拉的地方，生活着一位心地仁慈的国王……"表演结束后，已经是晚上了，米佳冒着刺骨的寒冷将卡佳送回家中，并在那里待了很久，他们长时间地拥吻在一起，几乎耗光了全部的力气。临走的时候，米佳拿走了一条丝带，那是卡佳在睡觉时，特意用来绑头发的。此刻，在这个5月的夜晚，米佳被心中难以压抑的思念苦苦折磨着，甚至只要一想起那条丝带——就放在桌子的抽屉里边，米佳的身体就会不自觉地颤抖起来。

即使天亮了，米佳也会躺在床上睡觉，至于起床后，他则会骑着马出门，到那个建有小火车站和邮局的村庄去。自始至终，天气都非常不错。在经历一番倾盆大雨、电闪雷鸣后，太阳再次出现在天空中，并更加热烈地照耀着大地，继续履行它在园子、田地以及树林中所承担的职责。虽然园子里的花朵凋谢了，但还有其他各种各样的植物从土地里冒出来，不断地长高长大，甚至就连色彩也越加浓厚了。由于四周长满了花朵和高大的草丛，简直数都数不过来，那片树林早就被遮挡起来了，草丛深处时时响起夜莺和布谷鸟的歌唱声，似乎是在不停地向人们发出邀请，一起去那片幽静而又深邃的绿色丛林。原本光秃秃的田地早已变了样，到处都长着繁茂的禾苗，看上去密密麻麻的一大片。每一天从早到晚，米佳都会在这片树林和田地之间来回转悠。

每天上午，米佳要么是在阳台上，要么是在园子里，焦急地等待从邮局赶回来的庄头儿或是帮工,只不过每次他的等待都会落空,这让他感到十分难堪。况且,庄头儿和帮工各自都有任务在身,不可能总是帮他去8千米以外的邮局办事。于是,米佳本人开始去邮局了。只是,除了那份奥廖尔报纸或是弟弟妹妹的来信,他几乎每次都是空手而归。米佳的内心早已被悲伤填满,甚至到了他所能接受的极限。回来的路上,尽管田地和树林里全都向外散发着美好而又快乐的气息,米佳却一点儿也高兴不起来,反倒觉得无比压抑,甚至他胸中的某个位置剧烈地疼痛起来。

某天傍晚,天还没有完全黑下来,米佳离开邮局往回走,途中路过了一座庄园,看上去空无一人,里面的宅院所在的位置,在很久以前是个公园,四周是一片桦树林。米佳在这座庄园的大林荫道上行走,这里就是农人口中常说的出去工作的道路。在这条大林荫道的两旁,种着又高又大的黑云杉,看上去不仅十分恐怖,而且相当宏伟壮阔,棕红色的针叶将整个地面覆盖起来,一直延伸到前边那座老式的宅院,走在上边可以感觉到有些滑。原本位于左侧的太阳早已在公园和树林后边躲了起来,透过大林荫道两旁的树丛下方的空隙,太阳所散发出来的干涸而又寂静的红色光芒以倾斜的方式投射下来,一直照到地上那层闪着金光的针叶上。这片园林仿佛中了某种魔法,宁静极了,四周仅仅能听到夜莺的歌唱声,空气中弥漫着一股令人心旷神怡的香味,这是从云杉上边散发出来的气味。此外,那些一直蔓延到房屋墙角的山梅花树丛,同样释放出阵阵芳香。看着眼前的这些景物,米佳感受到了无与伦比的快乐,就在这时,卡佳——他的那位妙龄伴侣的样子,突然无比清晰地浮现在他眼前,甚至清晰得有些恐怖了,于是,无论是这个已经被废弃的大阳台,还是那片芳香的山梅花树丛,甚至就连米佳本人的脸庞,全都被一

层如同死灰一般的色彩笼罩起来了。最终,米佳冲着这条林荫道,大声而又果断地呐喊道:

"再等一个礼拜,如果那时候还没有卡佳的来信,那我肯定会开枪了结自己的生命!"

十七

次日，米佳睡到很晚才起来。吃过午饭后，他闷闷不乐地在阳台上坐着，虽然两只眼睛仔细地盯着那本放在膝盖上的书，打开的那一页全是密密麻麻的铅字，但他心里却忍不住郁闷道："那个邮局，到底是去，还是不去呢？"

气候已经变暖了，甚至还挺热了，在那些被太阳晒热了的草地上，以及如同玻璃那样闪闪发亮的卫矛丛上边，有许多白蝴蝶正在比翼双飞，彼此追赶嬉闹。米佳目不转睛地看向这些成双成对的蝴蝶，忍不住再次对自己发问："到底是去邮局，还是说就此打住，以后绝对不会再跑到那里去丢人现眼了？"

就在这时，庄头儿骑着一匹公马来到庄园门口，他和那匹马儿刚从山坡上下来。他朝阳台瞥了一眼后，就立即骑马向前走来，等到了阳台附近的时候，他突然猛地拉住缰绳，跟米佳打招呼道：

"嗨！为什么每次见到您的时候，您都在看书呢？"

说完，庄头儿浅笑了一下，然后扭头朝周围打量了一番，再次悄声问道：

"您母亲还在房里休息吗？"

"应该是吧，如果我没猜错的话。"米佳回答道，"你找她有什么事吗？"

庄头儿并没有回答，而是默不作声了一会儿，突然，他一脸严肃地对米佳说：

"米佳少爷，要我说啊，虽然书确实非常不错，但是也得明白什么样的年纪就该做什么样的事情。这世界上有这么多的女人、女孩子，但您为什么要过这样的生活呢？这和修道士根本没有差别啊！"

听了庄头儿的这番话，米佳没有马上做出回应，而是再次将视线移到那本书上。

"你去什么地方了？"米佳一边继续低着脑袋看书，一边向庄头儿问道。

"我去邮局了。"庄头儿回答道，"毫无疑问,除了收到一份报纸外，根本就没有任何的信件。"

"'毫无疑问'？！你这话是什么意思？"

"我的意思是，对方的信还没来得及写完呢。"由于米佳没有顺着他的话聊下去，庄头儿感到有些生气，于是就这样傲慢地嘲讽道。当他将那份带回来的报纸递到米佳手里时，补充了一句："请您签收吧！"话音刚落，他就立即掉转马头离开了。

"我肯定会开枪了结自己的生命！"虽然米佳的双眼盯着那本书看，但他却根本什么也没看到，只是在心里这样无比坚决地想。

十八

其实,米佳的内心非常清楚,没有比"开枪结束自己的生命"更加丧心病狂的举动了——只要开枪,不仅可以让自己的脑袋四分五裂,而且还能让自己身体里的这颗年轻而又健康的心脏、自己的思想和感受全部静止下来,无论是什么,都不会再听见和看见了,甚至彻底地从眼前这个世界里挣脱——直到现在,这个世界才向米佳展示了它的真实面貌,是多么的美好而又奇妙,简直无法形容。同时,米佳也会在一瞬间完完全全地从这种生活里消失。只不过,这种生活里包含了很多人和事,比如卡佳,比如即将到来的夏天,比如蓝天、云朵、太阳、微风、田地里的农作物,比如村庄、村里的女孩们、母亲、庄园、弟弟妹妹以及那些旧杂志里刊载的诗歌作品,在某个地方则还有塞瓦斯托波尔[1]和拜达尔门[2],还有层峦叠嶂的浅紫色的山峰,它们上方笼罩着繁盛的松树林和白桦树林,并不断地往上冒出白色的热气,还有

---
[1]克里米亚半岛港口城市。
[2]克里米亚半岛的一个山隘口。

刺眼而又滚烫的公路、利瓦吉亚①和阿卢普卡②的花圃、水光潋滟的大海以及海边铺着的那片被晒得发烫的黄色沙滩，甚至还有皮肤黝黑的小孩和在海中沐浴的女人，他们都是被太阳给晒黑的……就在这片大海边，紧接着出现的就是卡佳，她正在海浪旁边的一块鹅卵石上边坐着，手里举着一把白色的小伞，身上穿着件白色连衣裙，海面上不断涌来闪亮夺目的浪花，使人产生一种莫名的快乐，竟忍不住浅笑了起来，没有任何的缘由……

其实这所有的一切，米佳都心知肚明，只不过，他到底该怎么做才好呢？究竟该怎么做，才能从这个可怕的魔咒里逃出去——眼前的事物越发变得美好动人，米佳就会越发感到悲痛和难以忍受，然而，就算是成功逃走了，又该奔向什么地方呢？这种快乐缺少了某样必不可少的东西，但整个世界却依然选择用它来向米佳施加压力，正是因为这样，米佳才会无法继续忍受下去。

清晨，当米佳从睡梦中醒过来以后，充满活力的太阳总是会最先映入他的眼帘，而从旁边村子里的一座教堂飘出的欢快的敲钟声也会最先钻进他的耳朵里。这是他从小就能听到的响声，他早已习以为常了。这座乡村教堂位于花园的后方——花园里到处都有鸟儿的歌唱声，芳香四溢，彩霞的光芒照耀着这里，地上总是会有相互交错在一起的斑驳的光影，即使教堂内壁上贴着的那些壁纸早已泛黄（实际上，当米佳还很小的时候，它们就已经黄成这样了），却依然让人感到心旷神怡。然而，伴随头脑中闪现的这个想法——"卡佳"，米佳的内心再次变得矛盾起来，既痛苦又快乐。四周的一切都包含了卡佳的影子——从清晨闪闪发亮的太阳里边，能够看到卡佳身上所拥有的光鲜亮丽；从园子里飘散的淡雅的空气中，能

---

①②克里米亚半岛的地名。

够闻到卡佳身上所散发的淡雅的气味；从教堂钟声里所隐含的活泼的律动中，能够感受到卡佳的模样是多么的美好；那些壁纸是米佳早已去世的先辈们遗留下来的，他们曾在这里——就是这片庄院和这座大宅——生活、享受过，如今则期望米佳和卡佳两个人一起生活在这里，一起享受来自家乡的习俗和生活。就这样，米佳猛地将身上的被子掀开，从床上一跃而下。由于米佳身上有一件衣领敞开着的睡衣，刚刚从被窝里钻出来的他浑身上下并不觉得冷。虽然米佳的身体看上去十分瘦弱，两条腿又细又长，但他到底还是个青年，依然显得健康强壮。他飞快地将桌子的一个抽屉拉了出来，从里面一把拿起一张照片——那是他小心存放在这里的，于是有很长一段时间，他都一动不动地站在那里，目不转睛地盯着这张照片，眼神里充满了猜疑和迫不及待。照片上的卡佳——她那带点儿狡猾的小脑袋、她的发型、她那纯洁而又隐含一丝挑逗的眼神，全都彰显出无尽的妖娆和温婉——这是任何一个处女或女人身上所具备的特点，同时在卡佳身上，还包含了许多耀眼、迷人的东西，简直难以用言语形容！只不过，她那专注的眼神里包含了某种东西，实在让人难以理解，嘴角虽然露出一丝浅笑，但却是难以攻克的静默；它与你之间的距离总是飘忽不定，一会儿近一会儿远，曾向你真实地展示了那在活着的时候都难以言喻的快乐，而后却又卑鄙地、不怀好意地向你撒了个谎，也许从今以后，你将彻底变成一个从来没有见过的局外人，这所有的一切简直让人无法承受得住！

米佳本人也不曾想到，那天黄昏的时候，当他离开邮局往回走，路上刚好从那座位于沙霍夫斯科耶村的破旧的庄园——那里面有一条大林荫道，道路两旁生长着黑压压的云杉——经过时，竟会大声呐喊出那句话，虽然这完全出乎他的意料，但却将他内心的精疲力竭完全表露出来。邮局里堆满了报纸和信件，米佳骑着马站在那扇办事窗口外，眼睁睁地看着邮差在里面不停地翻找，但最终却没有找到一封寄给他的信。这时，火车进站所发出的杂音突然在他身后响起，听着这阵杂音，再加上火车喷散出来的煤烟味，他不禁记起了那次在库尔斯克进站的经历，紧接着，他又记起了莫斯科的生活，这一刻，他的内心突然欢快地跳动起来。离开邮局往家走的路上，他刚好从沙霍夫斯科耶村经过，有好几个女孩正在他前面走着，虽然她们的个头并不是很高，但当他看到那些女孩胯骨处的动作时，内心突然感到惊慌失措，因为他在这些女孩身上寻觅到了卡佳某些时候的样子。走在田野上的时候，突然有一辆三套马车从他对面飞快地奔跑过来，看样子这是一辆专门跑远路的马车。就在擦肩而过的那一瞬间，米佳看到车里面有两个戴帽子的人，其中一个是个年轻的女孩，那个时候，米佳差一点儿朝着马车大叫一声："卡佳！"在夕阳的照耀下，米佳来到了那座位于沙霍夫斯科耶村的庄园，周围的云杉显得十分干燥，盛开的山梅花向四处飘散着自己的浓郁的香气，这一切都让米佳清晰地意识到夏天已经来临，同时也感受到了这里曾发生过的古典雅致的夏季生活——就在这座金碧辉煌的大宅里，曾有人度过了一个个幸福的夏天，那些落在地上的白色花朵不由得让米佳的脑海里闪现出了卡佳戴在手上的白色手套，熊耳朵的颜色又让他记起了卡佳用来挡脸的那块蓝色面纱……米佳朝四周看了几眼——那投射在大林荫道上的金红色的夕阳、那坐落在林荫道末端的昏暗的大宅，就在这时，卡佳突然出现在他面前——简直是太逼真了，就和眼前看到的这座大宅以及那片盛开的山梅花一样真实，她从阳台来到花园，看上去美丽极了。其实，从很早以前开始，他眼中的卡佳的形象就已脱离实际，并且变得越发复杂和奇怪，只是没想到这天黄昏，卡佳竟会以如此完美、难以靠近的样子出现，这让他感到万分惊恐，忍不住尖叫一声，音量甚至要比那天中午的叫声更加响亮——当时米佳是因为听到了头顶猛地传出布谷鸟的啼叫声而受到了惊吓。

十九

　　米佳动用了全身的毅力，严格要求自己放弃去邮局的念头，于是，他不再像以前那样一次又一次地往邮局跑了。同时，他也停止了给卡佳寄信。无论是什么方法，他全都用过了，无论是什么言辞，他全都在信里写过了——他简直就如同着了魔一般，疯狂地向卡佳表明自己对她的爱意是前所未有的，并希望她能相信自己的话；他放下了自己身上的所有姿态，低声下气地向卡佳发出哀求，希望她能继续喜欢自己，就算只是出于"友情"的情面，也完全没有问题；他躺在床上写信，谎称自己生了重病，打算通过这样的方式来让卡佳可怜自己，就算是仅仅表现出一丝关心也可以；乃至于他旁敲侧击地向卡佳发出警告，认为眼下的自己仿佛只有一条路可以选择——为了不再对卡佳以及她身边的那个比自己"更有运气的男人"造成困扰，他必须从这个世界上消失掉。他不仅不再寄信给卡佳，而且也不再强迫她务必要给自己回信，他竭力地想要将卡佳抛到脑后，甚至将她彻底地忘记，同时他还使出浑身解数来斩断自己所抱有的期望（事实上，当他和命运开玩笑，并假装非常不以为然，抑或是真正达到释然的程度时，他仍在心里期望着奇迹可以出现，自己可以收到卡佳寄来的回信）。就这样，他再次变得不正常起来，一旦手里拿到任何东西，就会不假思索地读出来，同时他还和庄头儿一起去隔壁的村庄里处理事情，并在心里不停地自言自语道："听天由命吧，也就只能如此了！"

某天在一个田庄里处理完事情后，米佳就和庄头儿坐着一辆马车往回赶，这辆马车的速度非常快，几乎和往常没有两样。庄头儿负责驾驶，就坐在前边的位置上，米佳则坐在靠后的位置上。由于道路并不平整，他们两个在车上感到一阵颠簸，特别是坐在后面的米佳只好将屁股下边的坐垫牢牢抓在手里，一会儿看看庄头儿泛红的后脑袋，一会儿看看前边那些此起彼伏的田野。眼看着马上就要到家了，庄头儿突然将手里握着的缰绳放了下来，于是马儿不再快速奔跑，而是迈着大步往前走。至于他自己，则从口袋里取出一个烟袋，开始卷烟了。他一边看着已经敞开的烟袋，一边浅笑着对米佳说：

"米佳少爷，那天我说的那些话，您可别太生气。我对您说的可都是千真万确的呀！书确实是个非常不错的东西，但是玩耍时就应该先将它放到一边，反正它又不会溜走，最重要的是要明白何时该做何事。"

听了庄头儿的话，米佳感到十分难堪，脸色也突然变得红红的，更让他意想不到的是，他居然会勉强地露出一丝微笑，然后假装愚笨地回答道：

"我连个女朋友都找不到……"

"怎么可能呢？"庄头儿接过他的话茬，"这里最不缺的就是女人和女孩子！"

"那些女孩子只是在和你打情骂俏，根本不是真心的。"米佳一边回答，一边竭力地效仿着庄头儿说话时的语气。

"那不是打情骂俏，只是您还没有掌握和她们在一起的相处之道。"庄头儿对米佳说道，只不过，此时他的言语中包含了批评的语气，"其实就是太小气了呗。不过呀，俗话说得好，没有一滴油水的勺子，总是不入口哇。"

"只要事情能圆满解决，无论花多少钱，我都不在乎的。"米佳突然说道，甚至没有感到一丝羞愧。

"既然无论花多少钱，您都不在乎，那这件事自然非常好办啦。"庄头儿边说边开始点烟，然后又一脸委屈地补充道："其实呀，比起卢布，比起我会在您那里获得的赏赐，我更关心的是您的心情。我一直观察着您，哎，您看上去苦恼极了，心里不知道装了多少烦心事啊！从那个时候开始，我就觉得自己不能不管不问。要知道，只要是和主人家相关的事情，我是从来都不会怠慢的。我要感谢上苍，在这个家里我已经生活了一年多的时间了，但是直到现在为止，我还从来没有让您和老夫人感到不满。举个例子，要是换作其他人，谁会对主人家的牲口如此上心呢？它要是吃饱了，那就没问题了，要是还没吃饱，他们才不管呢。只不过，我可从来没做过这种事。对我来说，主人家的牲口是最重要的。我也一再地和用人们强调，其他事情我可以睁一只眼闭一只眼，但是唯有牲口，必须让它们吃饱了才行！"

听到庄头儿说了这么多，米佳正在心里寻思他是不是喝醉了，却没想到就在这时，庄头儿猛地扭头看向自己，眼神中充满了不解，接着他又换了种语气问道：

"您看,那个叫阿莲卡的女人,几乎没有谁能比得过她!这个女人实在是太有本事了,而且她的年龄并不是很大,加上丈夫还在矿区……不过啊,即使这样,也得多少拿些钱给她才行。总共需要5卢布吧,一卢布用来请她吃饭,两卢布用来给她当零花钱,剩下的算是给我的赏钱吧,让我拿去买点儿烟……"

"当然可以。"米佳激动地回答道,"只是,你口中的这个名叫阿莲卡的女人,到底是指谁呢?"

"就是住在护林人家里的那个女人呀,她就叫阿莲卡。"庄头儿对米佳说道,"难道您没见过她吗?那个护林人是前不久刚来这里的,阿莲卡就是他儿子的媳妇呀。上周周日您不是去教堂了吗,那您肯定已经和她见过面了……当时我就在心里考虑,如果把这个女人介绍给少爷您,那就再好不过了!她结婚并没有多久,到现在刚好一年多点儿吧,可以算是相当干净的了……"

"很好啊!"米佳笑了起来,开心地对庄头儿说道,"那你赶快去处理吧!"

"当然,我肯定会竭尽全力办好的。"庄头儿再次将缰绳握在手中,对米佳说,"再过几天,我就去探探口风。至于少爷,您也别只顾着睡觉了。园子里的土坝需要修理修理了,明天阿莲卡会和其他女孩子来这里干活,到时候,您也过来吧……至于那些书,暂时放到一边不会怎样,反正又跑不掉,等以后您回到莫斯科,再好好看个够就行了……"

说完,庄头儿就驾着马车飞快地往前跑去,车子又开始晃荡了。米佳再次将屁股下的坐垫牢牢握在手里,他竭力地避开庄头儿那又红又粗的脖子,朝着远方看去,他的视线穿过了那些种在他家园子里的树木,以及那个位于山坡上的村庄——紧挨着那面山坡的,是河流旁边的一片草地。米佳的身体里猛地泛起一阵饱含情感的东西，而且早已有一半成形了，这实在是太突然了，也太过荒唐了。对米佳来说，眼前的这幅景象——那个凌驾于园林上方的高耸的教堂钟楼，还有它上面的那个在夕阳照射下闪闪发光的十字架，虽然是他从小就看过，甚至早就习以为常了的，但是此刻，它们似乎出现了些许的改变。

二十

由于米佳的身体太过瘦弱了，因此女孩子们给他取了一个绰号，叫作细腿猎狗。生活中存在这样一类人——他们拥有两只黑色的眼睛，看上去仿佛一直在努力睁大，当他们成年后，不仅嘴巴周围不长胡须，而且就连下巴那里也不长胡须，顶多只能看到若干根又硬又卷的毛发而已，米佳刚好就是这类人。只不过，当米佳和庄头儿聊完天后，次日清晨，他就早早地醒来了，不仅将脸上的多余的毛发刮掉了，还换上了一件绸质的黄衬衣，经过这番打扮，他那张原本无精打采而又莫名激动的脸看上去有些古怪，但却好看了很多。

到了早上 10 点多的时候，米佳迈着缓慢的步伐朝花园走去，并竭力装出一副愁眉不展的样子，让人觉得他好像是因为没有事情可干才会走到外边来闲逛。

在靠北边的位置上，有一段大台阶，米佳就是从那里走下来的。天空中笼罩着一层黑乎乎的污浊的雾气，将下面的一切全都覆盖起来了——位于北边的车棚、圈养牲畜的园子，甚至包括园子的一部分在内（至于这一部分，其实是教堂上那个高高在上的钟楼经常注视的地方）。周围的一切看上去全都灰不溜秋的，空气中充斥着水蒸气的味道——那是从仓库的烟囱里飘散出来的，此外还混杂着其他味道。米佳侧身来到房屋背后，一边继续往那条种着椴树的林荫道走过去，一边睁大了两只眼睛，一个劲儿地盯着天空和树梢。那个从园子后方——也可以说是东南方位——飘上来的东西，看上去就像是乌云似的，从它下面飘来阵阵轻柔的南风。根本就听不到鸟儿的歌唱声，甚至就连最喜欢唱歌的夜莺也静悄悄的，没有发出一点儿声响。虽然眼前出现了一大群蜜蜂，看样子应该是刚刚采完蜜回来，但它们却同样保持沉默，默不作声地从花园上方飞走了。

由于云杉林旁边的用来防护园子的部分土坝被牲口给踩坏了，那些女孩子再次来到这里，开始修整那些坍塌了的土坝，并不停地往上面盖上泥土。偶尔，她们还会和帮工们一起去那个圈养牲畜的园子里，将堆积在地上的还在冒热气的牛粪马粪运到这里，虽然这些牲畜的粪便很臭，但却并没有让人感到多么恶心。要想将这些粪便运出来，帮工们必须从那条林荫道上经过，于是就会有很多粪便掉落在这条路上，它们看上去一闪一闪的，甚至还都是潮湿的。来这里干活的女孩子，总共有6个人。在她们之中，根本看不到索尼卡的身影，看来她是真的被求婚了，想必此刻她正留在家里，置办自己的随嫁物品呢。此外，她们中有几个女孩子，看上去不仅十分瘦削，而且几乎就还没长大，根本就是小丫头片子。剩下的几个女孩子分别是：身材胖胖的阿纽特卡——其实她的模样还是非常漂亮的，像个男孩子的格拉什卡——看样子她仿佛比之前更严肃、更男性化了，以及那个名叫阿莲卡的女人。尽管米佳从来没和阿莲卡碰过面，但是当他透过树干间的空隙，看到一个女人时，他马上就意识到这个女人就是阿莲卡。突然之间，仿佛一道闪电似的，米佳被她身上的某样东西吸引了——这种东西在卡佳身上同样存在（只不过，这也许根本就是米佳的幻想而已）。这让米佳感到惊诧不已，甚至就那样站在原地发呆。后来，他一边果断地朝阿莲卡所在的位置走过去，一边聚精会神地盯着她看，连眼睛都不眨一下。

虽然阿莲卡的个头不高，但她干起活来却十分灵活。尽管知道今天要干的都是些脏活，但她依然穿着一件十分好看的外套——是印花布质地的，底子是白色的，上面印着红色的小点，同时还穿着一件相同材质的裙子，她的脑袋上绑着一块粉红色的绸质头巾，腰里扎着一条黑漆质地的皮带，脚上则穿着一双红色的毛袜，以及一双软毡做成的黑鞋，在她的这身打扮中，或是说得更加明白一点儿，那就是她的那双娇小灵活的脚，包含着女性所特有的天真气息，而这同样是卡佳身上所具有的某种特质。阿莲卡的脑袋同样非常小巧，而且她那双几乎纯黑的眼睛，以及里面所流露出的神态，简直就和卡佳没有什么差别。和其他正在干活的女孩子相比，阿莲卡仿佛早已意识到自己的与众不同，因此当米佳朝她走近时，她停下了手里的活儿。就这样，她在土坝上站着，一边和庄头儿说话，一边将右脚踩在叉子上边。庄头儿将自己身上的那件上衣脱了下来——衣服的内衬早就破烂不堪了，然后翻面铺在一棵苹果树下，接着他侧身躺了上去，一边用自己的胳膊肘将整个身体支撑起来，一边开始抽烟。当米佳出现后，庄头儿十分恭敬地将这个位置让了出来，一边往旁边的草地上移去，一边热情而又散漫地对米佳说道：

"米特里·帕雷奇，快请坐到这里来，再来抽根烟吧。"

在脑袋上绑着的那块粉红色的头巾的映衬下，阿莲卡看上去动人极了，米佳忍不住悄悄地偷看了她一眼。他在庄头儿腾出来的地方坐下,一边低下眼皮,一边点起烟来(在末冬春初的时候,他已经尝试戒过好几次烟了,只不过如今,他却再次开始抽烟了)。阿莲卡好像没有发现米佳的到来,更别提要对他行礼致敬了。由于一开始的时候,米佳并没有参与他们的谈话,即使此刻庄头儿依然在和阿莲卡聊天,但米佳却根本听不懂他们在讲些什么。虽然阿莲卡脸上露出了笑容,但她的脑袋和内心似乎并不是很开心。庄头儿说话的腔调听上去有些蔑视和讥讽的意味,甚至他所说出的每句话里边,都或多或少地隐含着一些龌龊的信息。至于阿莲卡,她的话语中同样包含了讥讽的意味,并且十分轻佻地回应着,这样一来,在一旁聆听的人马上就会晓得其中的缘由——那就是庄头儿对某个人动心了,只不过,他办事的手法太过笨拙、疯狂了,此外,他还是个妻管严,根本就干不了什么大事。最终,庄头儿似乎意识到自己根本就说不过阿莲卡,同时也没有精力再争下去了,于是只好开口说道:

"好了好了,我知道根本就没有人能说得过你,既然这样,那你不妨和我们一起坐一阵儿,刚好我家主人有些话想跟你说一说。"

听完庄头儿的话,阿莲卡将视线移到了其他地方,一边将额头上冒出来的那几根黑发塞进头巾里,一边纹丝不动地站在那里,丝毫没有要坐下的意思。

"你这个傻女人,快点儿啊,有话要和你说啊!"庄头儿对她喊道。

阿莲卡思考了一会儿,突然从土坝上一跃而下,身手非常轻盈,接着她就跑到了米佳身边——此时他正在庄头儿铺好的那件衣服上躺着,而后往旁边移动了两步,一边往下蹲,一边看向米佳的脸,她的那两只黑眼睛睁得非常大,露出兴奋而又新奇的神情。看了一会儿后,她突然开心地笑了起来,并对米佳说道:

"少爷,难道您真的就和那些修道士一样?您从来都没和女人上过床？"

"你怎么知道少爷没和女人上过床呢？"庄头儿赶忙问道。

"我当然知道得一清二楚啦！"阿莲卡回答道，"我听其他人说的。"话音刚落，她再次开口补充起来，眼神里好像有什么东西在一闪一闪的："少爷的心上人在莫斯科，所以他不可以和女人上床睡觉。"

"之所以没和女人上床，是因为还没遇到对的人。"庄头儿反驳道，"况且，这是少爷自己的私事，你一个外人根本就不明白！"

"怎么就遇不到呢？"阿莲卡笑了起来，接着说道，"我们这里最不缺的就是女人和女孩！不信你看，叫阿纽特卡的那个女孩，有谁能比她更出色呢？"说完，她就扯着大嗓门，高声叫喊起来："阿纽特卡，你到这里来一下，有事找你！"

这个名叫阿纽特卡的女孩，五官倒是长得挺漂亮的，尤其是她的笑容，看上去既和善又美好，叫人心里感到一阵快乐，美中不足的是她的胳膊不是很长，背部显得有点儿宽，但却相当柔软。当她听到阿莲卡的呼唤后，转身回应了一声，声音听上去十分响亮悦耳，之后她就继续干活去了，而且干得更加卖力了。

"我喊你到这里来呢！"阿莲卡依然不愿放弃，再次大喊一声，嗓音比上一次更响亮了。

"我根本还没经历过那些事儿，什么都不懂，就算过去了，也帮不了什么忙呀。"阿纽特卡开心地回应道，声音听上去就如同是在演唱歌曲一般。

"阿纽特卡不是我们看中的对象，我们需要的，是更加干净、更加好看的女人。"庄头儿对阿莲卡说道，语气中包含着训斥的意味，"至于我们到底看中了哪个女人，当然只有我们晓得了。"

说完，庄头儿特意朝阿莲卡看了一眼，眼神里包含了一种别样的暗示。阿莲卡看到后，突然觉得有些尴尬，她的脸色也猛地泛起红晕来。

"不行，不行。"阿莲卡一边竭力地用微笑掩饰自己的尴尬，一边对庄头儿说道，"阿纽特卡是最出色的女孩，您根本不可能找到比她还好的女孩。当然，如果您执意放弃阿纽特卡，那还有一个同样干净的女孩，她的名字是娜斯季卡，之前还在城里生活过一段时间呢……"

"好了好了，别说了，快闭上你的嘴巴！"庄头儿猛地打断了阿莲卡的话，喘着粗气训斥道，"适可而止吧，你已经乱说了这么多了，赶快干活去。就是因为你们只知道在我面前说三道四，所以老夫人才会常常责骂我……"

听到这里，阿莲卡猛地从地上起来，她的身手依然十分轻盈利落，接着她就将那把叉子拿了起来。就在这时，帮工刚好运完最后一车牲畜的粪便，激动地朝大伙喊道："开饭啦！"说完，他用力扯了扯手里握着的缰绳，然后驾着那辆空荡荡的马车离开了，一直顺着林荫道朝下走去，只能听见阵阵轰隆声。

"开饭啦，开饭啦！"女孩们一边吵吵闹闹地叫喊着，一边将手里的铁锹和叉子扔到地上，从土坝上跨过或是跳下，然后朝各自选好的云杉树下跑去——在那里放着她们的小包裹，就这样，这些女孩的赤裸的腿，以及她们穿在脚上的颜色各异的袜子，从眼前一晃而过。

庄头儿扭头看了一眼米佳，然后向他眨了眨眼睛，传达出"搞定了"的讯息，随后，他一边从草地上起来，一边用类似长官表示许可的语气说道：

"好啦，既然开饭了，那就先去吃饭吧……"

那些黑漆漆的云杉树看上去就像是一面高墙似的,那些身上穿着五颜六色衣服的女孩不假思索地一屁股坐在地上,两条腿向前方笔直地伸过去。她们打开各自的小包裹,从里面拿出早就准备好的面饼,然后放在双腿之间的裙子上,一边吃着,一边拿起装有牛奶或是克瓦斯的瓶子喝了起来。她们并没有停止聊天,而是继续毫无顾忌地高声瞎说,甚至每说一句话,都会逗得其他人哈哈大笑起来。偶尔,她们也会朝米佳看上几眼,眼神里包含着新奇和撩拨的暗示。这时,阿莲卡突然低下身子,在阿纽特卡的耳朵旁边悄悄说了一句话,只见阿纽特卡一边露出了情不自禁的美丽笑容,一边假装生气地用力将阿莲卡推到一旁(此时,阿莲卡早就笑疯了,几乎无法把腰直起来,只好将脑袋挨到腿上),然后朝着整片云杉林,用自己清脆而响亮的声音大喊道:

"你真是个笨姑娘!根本就没发生什么,有那么好笑吗?难道有什么值得庆祝的好事发生了不成?"

"米特里·帕雷奇,您不用理会那群女孩。"庄头儿对米佳说道,"她们到底在瞎折腾着些什么,只有鬼才能搞清楚!"

二十一

由于次日刚好是礼拜天,因此大家都休息了,园子里空空如也,根本没有干活的人。

夜里下了一场倾盆大雨,从天而降的雨水倾注在房顶上,发出噼里啪啦的响声。偶尔,天空会突然出现一道闪电,将整片园子照得通亮,满眼望去都是灰白的色调,显得十分玄幻。太阳出来以后,天气由阴天变成晴天,周围的事物全都安然无恙,并再次回归正常的状态。至于米佳,则是被从教堂里传来的那阵钟声吵醒了——那钟声听上去非常轻快,仿佛饱含了太阳的光芒。

起床后,米佳慢悠悠地梳洗打扮,一点儿也不着急,当他穿好衣服后,又端起茶杯喝了整整一杯茶水,而后朝门外走去,准备在中午到来以前完成祷告。看到米佳的这副模样,女仆帕拉莎忍不住温柔地批评道:"您的母亲早就出门了,但您却如此不慌不忙,简直就和鞑靼人一样……"

通往教堂的道路有两条:第一条路线是直直地走到庄园的大门

外，然后右转前进，之后会路过一个牧场;第二条路线是直接向左走，也就是走进那条大林荫道，经过那片园子，接着再踏上那条位于园子和打谷场之间的道路。米佳选择经过园子去教堂，也就是第二条路线。

夏季已经来临了，四周的景物全都呈现出夏季的模样。米佳在那条林荫道上行走时，太阳刚好出现在他的正前方，田地和打谷场里的潮气全都因为日照而蒸发完了，此刻显得十分晃眼。突然之间，米佳意识到四周的一切是如此美妙动人，出现在眼前的是太阳散发出来的耀眼的光芒，传入耳朵里的是来自教堂的阵阵钟声——它和这片和煦的阳光，以及整座村庄所迎来的美好而宁静的清晨融为一体。此外，米佳本人也显得十分美好——他刚刚梳洗完毕，黑色的头发虽然看上去有些湿润，但整理得非常有型，甚至还闪闪发亮，在他的脑袋上扣着一顶大学生的制帽。虽然昨天夜里，米佳被脑海中的种种念头折磨了一晚上，他又一次失眠到天亮，但此刻他却充满了期待，坚信自己还有希望，还有可能从这痛苦的深渊里挣扎出来，至于他所承受的那些折磨，最后都会为他带来真正的快乐。教堂里依然有当当当的钟声传出，就像是在呼喊人们似的。不远处的那片打谷场，将暖融融的阳光折射出去。一只停留在椴树上的啄木鸟，将自己的脑袋轻轻抬起，然后顺着树干往上攀爬，它奔跑一会儿，休息一会儿，最终飞快地朝嫩绿的树顶跑去——在那里，可以感受到无尽的阳光。花丛中有很多雄蜂正忙着采蜜，它们的身体黑中带点儿红，看上去毛茸茸的。尤其是在相对空旷的地方，经常会有许多雄蜂出没，因为能够被太阳照射到，它们总是暖烘烘的。园子里的任何一个地方，都有鸟儿优美动听的歌声，听上去非常安然自得……由于米佳的童年和少年时期是在这里度过的，因此眼前的这些景象，他已经看过无数次了。正是因为这样，往日的那些美好而又舒心的经历再次浮现在米佳的眼前，甚至他突然从中获得了自信，并因此坚信即使没有卡佳的陪伴，他同样可以在这个世界上继续生存下去，因为上帝对于他的子民毕竟充满了怜爱。

"千真万确，我这就去梅谢尔斯基家转一圈看看。"米佳心里突然产生了这样一个念头。

在距离他有20步远的庄园大门口，阿莲卡恰巧就在这时从那里经过，当米佳仰起头往前看时，阿莲卡就这样映入了他的眼帘。阿莲卡的脑袋上依然绑着那块粉红色的绸质头巾，身上穿了件淡蓝色的连衣裙，裙边做了褶皱的处理，显得十分好看，脚上穿着一双新皮鞋，鞋底早就钉上了鞋掌。阿莲卡并没有发现米佳，而是快步往前走着，屁股一扭一扭的。米佳看到她后，赶忙朝旁边闪过去，顺势在一棵树后藏了起来。

当视线之内再也看不到阿莲卡的身影后，米佳这才从树后走出来，猛地扭头朝大宅走去，内心紧张极了，心怦怦跳个不停。就在那一刻，他突然清醒地意识到，他之所以会去教堂和她见面，其实潜藏了一个隐晦的想法，只不过，和她在教堂里见面是绝对不可以发生的事，所以他理应原路返回。

二十二

享用午餐的时候,一封来自弟弟妹妹的急电从车站送到了家里,原来他们是想提前告诉家人,明天晚上他们就会到家了。对于这个突如其来的讯息,米佳看上去并没有多兴奋,反而表现得非常淡漠。

阳台上摆放着一张藤沙发,吃过午饭后,米佳来到这里,整个人躺了上去,他将两只眼睛闭了起来,静静地感受着迎面照射下来的火热的阳光,耳畔传来苍蝇的嗡嗡声,那是它们在夏天才会发出的响声。他的内心正不停地抖动着,一个悬而未决的难题始终在他的脑海里绕来绕去:接下来,到底该怎么应付阿莲卡呢?究竟要到何时才能彻底结束这件事呢?昨天庄头儿为何不直接询问她是不是愿意接受呢?假如她接受了,那下一步又该在什么时间、什么地点进行呢?除了这个难题,让米佳感到痛苦不已的还有另外一个难题:自己早就下定决心不再去邮局那里了,但是现在,他到底应不应该放弃呢?就在今天,就当作最后一次吧,那他到底应不应该去邮局呢?虽然这样做是没有任何价值的,但到底要不要让自己的自尊心再被嘲笑一次呢？虽然明知不会有任何的改变，但到底要不要让自己再经受一次这种无奈的期望所带来的痛苦呢？仅仅是再出去一回（事实上，只不过是去外边闲逛一下），况且此刻他早已承受了无尽的痛苦，这样做又能多些什么出来呢？对他而言，莫斯科那里的所有人和事早就画上了句号，而这难道不是显而易见的吗？只是如今，他究竟还能做些什么呢？

"米佳少爷！"就在这时，阳台附近突然传来一声轻微的呼喊，"米佳少爷，您已经困了吗？"

听到这声呼喊后，米佳猛地睁开双眼，发现庄头儿正站在自己眼前。他的脸上露出喜气洋洋的神情，像是马上要过节日似的，头上戴着一顶崭新的便帽，帽子周围有一圈帽檐，身上同样穿着一件崭新的印花布质地的衬衣，由于酒足饭饱，此刻他看上去并不是很精神，甚至差点儿打起盹来。庄头儿对米佳嘀咕道：

"米佳少爷，您赶快和我一起去树林里吧！我已经和老夫人打好招呼了，就说因为蜜蜂的事情，我必须要去特里丰那儿一趟。现在老夫人已经睡着了，咱们趁着这个机会赶快出发吧，再晚一点儿的话，万一她一觉醒来突然不同意了……我们最好拿些吃的东西给特里丰，等您和他熟悉得差不多了，他的酒也喝得差不多了的时候，我就趁机溜到外面去，和阿莲卡好好谈谈。我早就备好车了，您赶紧跟我出来吧……"

听完庄头儿的这番话，米佳猛地从沙发上起来，飞快地从那间听差室里跑过去，一把拿起自己的那顶大学生制帽，然后心急如焚地朝车棚走去。果不其然，那辆马车早已套上了一匹小公马，别看它个头不大，但性子却十分烈。

二十三

　　这匹小公马刚一起步，就飞快地朝庄园的大门口跑去，简直就像是一阵旋风似的。途中，他们在位于教堂对面的一间小商店门口停了下来，在那里购买了一些东西——一磅腌制的猪油、一瓶伏特加酒，之后，他们就驾着马车继续赶路了，速度依然飞快，不一会儿就消失不见了。

　　一间位于村庄尽头的农房突然出现，那个名叫阿纽特卡的女孩刚好就站在那里，她打扮得十分好看，只不过，她的样子看起来似乎有些不知所措。庄头儿已经有点儿喝醉了，他扯着嗓子朝阿纽特卡大喊了一句——是一句相当粗俗的用来打趣的话，同时，虽然没有一丁点儿作用，但他依然使出了全身的那股蛮劲儿，将手中的缰绳拉得紧紧的，然后狠狠地抽打了一下小公马的屁股。于是，这匹小公马的速度变得更快了。

　　由于道路实在是太崎岖了，坐在车子里的米佳一路晃个不停，无奈之下，他只好用尽全部的力气来让身体保持稳定。太阳一直照耀着他的后脑勺，暖烘烘的感觉还挺惬意的。来自田野里的热风从他对面吹过来，风中混合着各种各样的味道——有来自刚刚绽放花朵的黑麦的芳香，有从路上飘起的尘土的味道，有车轮里的润滑油散发出来的油味。田地里的麦浪闪烁着银灰色的涟漪，一眼望去，就如同一张优质的毛皮一般。偶尔会有云雀出现，它们要么一边歌唱一边朝高空飞去，要么将身体侧向一边，然后猛地往下飞落。远方的森林，看上去是一片模糊不清的墨绿色……

在路上行驶了15分钟后，他们驶入一条小林荫道，路面上散落着很多大大小小的光影，道路两旁的草丛看上去又高又密，那里绽放着无数美丽的野花，让人感到心情舒畅。那匹小公马的速度依然飞快，由于路上偶尔会有树墩和树根出现，因此车轮会时不时和它们发生碰撞。在护林哨所旁边，生长着一些小橡树——它们早已冒出了新鲜的嫩叶。此时，阿莲卡正坐在这些小橡树中间做手工活儿——刺绣，她身上依然穿着那件淡蓝色的连衣裙，脚上穿着一双半筒靴。当庄头儿驾着马，飞快地从阿莲卡身旁经过时，他将手中的那根鞭子举了起来，并对她做出了一个警告的动作。随后，在即将从哨所的大门前经过时，庄头儿猛地拉住了缰绳，将快速奔跑的小公马及时勒住了。让米佳感到万分惊讶的是，从森林和橡树新长出来的叶片里散发出一股香气，虽然其中混杂着些许苦味，但十分清新淡雅。就在这时，几只小狗突然出现在眼前，大声狂叫起来，它们的叫声实在是太响亮了，甚至还有回音在整片森林里响起，差点儿就把米佳的耳朵给吵聋了。虽然那几只小狗依然叫个不停，甚至还时不时变换音调，但它们的模样却是毛茸茸的，而且尾巴一直摇个不停，看上去十分友好。

米佳紧紧跟在庄头儿身后，从马车上走了下来，哨所的窗户下边,有一棵早已被电火烤焦的小树,他们就将那匹小公马拴在了那里,之后,米佳就和庄头儿一起朝那个黑漆漆的门厅走了过去。

虽然哨所内部收拾得非常整洁、舒服,但整体却显得十分窄小。透过哨所周围的那片树林,阳光刚好可以从那两扇小窗户照进里边,加上清晨为了烤制面包,特意将炉火烧得很旺,所以直到此刻,哨所里边依然很暖和。阿莲卡的婆婆此时正背对着那扇阳光可以照进来的窗户——上面爬着密密麻麻的小苍蝇,在一张桌子旁边坐着,她的名字叫作费多霞,是个非常大方得体的老妇人,看上去十分干净整洁。一看到米佳走进来,这位老妇人就赶忙站了起来,然后向他鞠躬致敬。和这位老妇人打完招呼后,庄头儿就和米佳一起坐下来,而后开始抽烟。这时,庄头儿突然开口问道:

"怎么不见特里丰,他去哪里了?"

"他正在仓库里休息呢!"老妇人回答道,"我马上去喊他过来。"

这位老妇人前脚刚离开,庄头儿就赶忙朝米佳使了个眼色,小声地说了句:"有希望!"

只不过,米佳并没有看到任何的希望,相反,他觉得那个老妇人似乎早已看透了一切,也就是对他们此行的目的了如指掌,因此他感到十分别扭,简直有些坐立不安。正是因为这样,那个从前天开始不断在他脑海里浮现的令人恐惧的想法再次出现:"我简直是发疯了!我到底在做些什么啊?"在他看来,自己正在其他人的控制下,朝一个极其危险的、甚至会因此而丧命的诱人的泥潭走去,并且前进的速度越来越快,简直就像是在梦游一般。虽然心里感到忐忑,但米佳依然竭力表现得淡定自如,他继续在那里坐着抽烟,两只眼睛不停地向四周探视着。由于其他人口中的特里丰不仅十分凶狠,而且头脑特别灵活,因此当米佳一想到很快就能见到他时,内心就会感到一阵窘迫,生怕特里丰会在一瞬间看破所有的隐情,甚至比那位老妇人还要聪明,还要看得明白。此外,米佳的脑海里还有另外一个想法,那就是:"阿莲卡在什么地方睡觉呢?是眼前的这块铺板呢,还是在仓库里呢?"他在心里想当然地认为,阿莲卡肯定是在仓库里睡觉。由于仓库的那扇小窗户上并没有安装窗框和玻璃,因此在这个夏天的森林之夜,一整个晚上都有来自森林的低声细语相伴,这会让人很快就有睡意,尤其是当阿莲卡睡着以后……

二十四

特里丰走进哨所后,并没有讲一句话,也没有和米佳对视,只是向他鞠了一躬,以此表示敬意。之后,他走到那张放在桌子旁边的长凳子前,一屁股坐了上去,接着就用毫无感情的嗓音,甚至可以说是非常不情愿地向庄头儿问道:"你怎么会来这里?出什么事了?"庄头儿赶忙回答说负责照看老夫人的蜂房的人不仅是个年纪很大的聋子,而且非常笨拙,由于特里丰称得上是本省最出色的养蜂人,因此老夫人特意让他来邀请特里丰,想让他帮忙照看下老夫人的蜂房。庄头儿说完,赶忙从两个裤兜里拿出了早已备好的东西——一瓶伏特加酒以及一磅腌制的猪油——虽然外面裹着一层灰纸,但由于纸张的质量太过粗糙,因此早就被油渍渗染开了。看到眼前的这些东西,特里丰的神情显得非常冷漠,甚至还有些许嘲笑的意味,看了一眼以后,他就起身朝搁板那里走去,并从上面取下来几只酒杯。庄头儿拿起那瓶伏特加酒,依次为米佳、特里丰、费多霞(这位老妇人显得十分开心,端起酒杯一口气就喝光了)倒酒,而后他才为自己倒了一杯酒。喝完了这杯酒，庄头儿赶忙开始第二轮的倒酒，只见他一边将一块面包含在嘴里咀嚼，一边从鼻孔里往外呼气。

没过多久，特里丰的酒劲就上来了，只不过，即使快要喝醉了，他的口气也依然毫无情感，同时还包含了不怀好意的嘲讽。喝了两杯酒以后，庄头儿的脑袋就感到一阵眩晕。从表面上来看，他们的交谈是相当融洽的，然而从两个人的眼睛里流露出来的眼神却充满了猜疑和憎恨。费多霞坐在一旁，没有说一个字，她的神情看上去不失礼貌，却又满怀不悦。直到现在，阿莲卡都没有出现。这时，米佳突然清醒地意识到，阿莲卡肯定不会出现了，就算她真的出现了，再看看眼下的状况，如果还期望通过庄头儿来趁机和阿莲卡偷偷"聊天"，那根本就是白日做梦了。想到这里，米佳突然起身，一脸严肃地说了句"该离开了"。

"马上就走，马上就走，还早着呢！"庄头儿一边将眉头紧皱起来，一边嬉皮笑脸地对米佳说道，"有句悄悄话，我想我还是跟您说了吧。"

"等上路了再说也不迟，赶快走吧。"虽然米佳极力地控制着自己，但他说话的腔调却显得更为严肃了。

只是没想到的是，庄头儿突然朝桌子上拍打了一下，然后一脸醉意而又神神道道地对米佳说道：

"告诉您吧，这句悄悄话根本没法在路上告诉您！您跟我出来一下，就一下下……"

说完，庄头儿勉强地站了起来，然后打开那扇通向门厅的房门。

米佳跟在他身后，一同走到那扇房门外，接着就向他问道：

"到底怎么了？"

庄头儿跟跟跄跄将米佳身后的那扇房门关了起来，然后一脸神秘地小声说道：“不要出声！”

"什么意思，为什么不要出声？"米佳不解地问道。

"不要出声！"

"我听不懂！"

"不要出声！阿莲卡已经归我们所有了！千真万确！"

米佳将站在面前的庄头儿推到一旁，然后从门厅走了出去，他在那道门槛上站着，心里开始纠结，不知道怎么办才好——到底是再等一阵呢，还是独自驾车离开呢，甚至索性徒步走回去得了？

在距离他有十步远的地方，是一片茂密的绿油油的树林，由于傍晚已经来临，因此这片树林早就被暗影遮盖起来，看上去变得越发新鲜漂亮了。天空中那轮明亮的太阳早已移动到树梢背后，隐秘地藏了起来，树枝间的空隙不经意会有它的余光投射下来。就在这时，茂密的树林里突然飘出一声呼喊——仿佛是从距离这里非常遥远的河谷边传来的，紧接着响起一阵更为猛烈的回音，这声呼喊来自一个嗓门十分洪亮的女人，听上去是多么迷人，多么让人心旷神怡，当然，这样动听的声音，只会在夏日傍晚的树林里出现。

"咿呀——"这声呼喊的尾音相当漫长，显而易见，她肯定是在和回音开玩笑。

米佳猛地从门槛上一跃而下，然后朝着那片树林跑去，一路上踩倒了无数的花花草草。这片树林沿着山坡，一直延伸到遍地都是石头的河谷那里。此时，阿莲卡正独自站在河谷里，品尝着早已成熟的野果。米佳一路跑到了那面陡峭的山坡上，而后就停了下来。就在这时，阿莲卡突然发现了他，忍不住仰起头，一脸惊诧地盯着他看。

"你在这里做什么呢？"米佳向阿莲卡问道，只是他的声音有点儿小。

"我们家的玛鲁西卡和母牛不见了,我正在找它们呢。您来这里干什么?"阿莲卡回答道,声音同样很小。

"那你会来找我吗?"米佳再次开口问道。

"没有任何的报酬,我为什么要来?"阿莲卡回答道。

"谁告诉你没有报酬了?"虽然米佳嘴里说出了这句话,但他的声音实在是太小了,简直就只有他自己才能听到,"钱的事,你不用担心。"

"那时间呢?什么时候见面呢?"阿莲卡接着问道。

"就明天吧……你什么时间方便?"

阿莲卡没有马上回答,而是思考了一会儿。

"明天,我母亲家里要开始修剪羊毛,我得过去帮忙。"说完,阿莲卡突然默不作声了好一阵,接着她小心翼翼地看了看米佳身后的那片树林——它刚好位于山岗上边,"等天黑了,我马上就会来找您。去什么地方呢?打谷场可不行,那里太危险了……您家园子里有一处凹地,那里刚好有个窝棚,您觉得可以吗?只是,您要说话算数,没有任何报酬的话,我可是不会来的……要知道,这里和莫斯科不一样。"这时,阿莲卡突然露出了笑容,两只眼睛几乎眯成了一条线,她仰视着米佳,"我听别人说,莫斯科那里的女人,不仅不要钱,而且还会给男人钱花……"

二十五

当庄头儿和米佳一起往回走的时候,他整个人早就烂醉如泥了。

由于特里丰不喜欢占人家便宜,因此为了还庄头儿的人情,他也拿了一瓶酒出来喝。庄头儿实在喝得太多了,甚至没有力气上车,他一头栽倒在车上,使得那匹小公马受到惊吓,猛地往前蹿出去,险些挣脱缰绳。然而,看到庄头儿的样子,米佳没有任何的感觉,而是沉着地等他上车坐好,自始至终一句话也没说。和之前一样,庄头儿再次疯狂地驱赶着马儿,飞快地朝前边跑去。米佳依然默不作声,一边竭力让身体保持稳定,一边欣赏着黄昏时分的天空,以及那片在他眼前飞快地跳跃着的田野。就在这片田野的上空,云雀正在放声歌唱,这是它们在傍晚上演的固定曲目,听上去十分柔美悦耳。东方那片早已泛青的天空,似乎马上就要进入夜晚了,并突然出现一缕安谧的霞光,可望而不可即,从这缕霞光来看,明天的天气或许会非常不错呢。对于眼前出现的这片傍晚的美丽景色,米佳的内心是最有感触的,只不过现在,他却显得漠不关心。此时此刻,他的思想以及内心，全都被"明天晚上"这四个字眼控制住了！

家人正等他回来，想要告诉他一个好消息，那就是根据刚刚收到的来信，他的弟弟和妹妹确定会在明天乘坐晚班车回家。听到这个消息后，米佳感到惊恐不已，忍不住琢磨：要是弟弟妹妹回到家里，特别是在晚上的时候，跑进那片花园里，紧接着就很有可能会去那个位于凹地的窝棚……只不过，很快他就反应过来，由于车站和家之间还有一段距离，因此他们回家的时间无论如何也到晚上9点以后了，况且回家后，还得招呼他们吃饭喝茶呢……

"你想去车站接他们回家吗？"母亲向米佳问道。

虽然米佳觉得自己的脸色已经开始泛白，却依然面不改色地回答道：

"不想去……我并不是很想去……况且，车里根本坐不下这么多人……"

"如果骑马呢？"

"不行，我不明白……为什么一定要让我去接他们呢？最起码，此刻我并不是很想去……"

母亲仔细地盯着他看了一阵，然后开口问道：

"你的身体怎么样？"

"简直不能更好了。"米佳的语气听上去十分蛮横，"我只不过是没有睡醒，有些犯困而已……"

说完，米佳就马上转身朝自己的房间走去，他并没有开灯，而是摸黑爬到那张长沙发上，穿着衣服睡着了。

深夜，突然有一阵悠扬的乐声传入他的耳朵里，像是从很远的地方飘来的，他发现自己被吊在一个大坑上方，那里只能看到一丁点儿虚无缥缈的亮光。只见脚下的那个大坑变得越发明亮，越发金碧辉煌，越发刺眼，同时也越发深不可测——根本看不到尽头，站在坑里的人渐渐多了起来，其中一个突然开口唱了起来，声音里充满了难以言喻的悲伤和温情："在很久以前，在一个叫作富拉的地方，生活着一位心地仁慈的国王……"米佳感动不已，甚至就连身体也跟着哆嗦起来，接着他翻了个身，再次深沉地睡着了。

二十六

看样子,这一天仿佛永远不会结束了。

米佳神情呆滞地从自己的房间走出来,喝了些茶水,吃完了午餐,紧接着,他又转身回房躺着去了。房间桌子上放着一本书,是皮谢姆斯基的作品,很早以前就被扔在那里了。米佳顺手将它拿起来,然而看了一阵,他却发现自己没有一个字能看懂的。他长时间地盯着天花板看,听着窗外那片园子所发出的如同丝绸一般的响声,这是在夏季才会出现的动静……为了换本书看,他特意起来了,朝图书室走去。然而,他刚一走进图书室——除了那扇朝向珍贵的枫树的窗户外,这间房间里的其他窗户全都朝向西边的那片透亮的天空,看到眼前这间古典雅致而又让人的内心感到宁静的迷人的房间,米佳的脑海里突然浮现起那些春天的时光——那个时候,他就坐在这间房间里,阅读着那些刊载在旧杂志上边的诗歌作品(此刻,这对米佳来说,早已是十分遥远的往昔了),甚至于这间房间和卡佳的房间是如此相像,无奈之下,他迅速地转身离开,在心里愤怒地抱怨道:

"去死吧！连同这个充满诗意的爱情悲剧，全都去死吧！"

接着，愤怒的米佳突然想起了一个曾经有过的念头，那就是如果再没有卡佳的回信，他就用枪来结束自己的生命，只是他回到房间后，再次躺了下来，并再次将桌上的那本皮谢姆斯基写的书拿了起来。只可惜，他依然一个字也看不懂，偶尔，虽然他的视线放在书上，但他的心却早已被阿莲卡占据了，这个时候，他的肚子就会猛烈地抽起筋来，甚至整个身体都跟着一起颤抖。随着时间的推移，当傍晚马上就要来临时，这阵抽筋就会变得越发猛烈。去车站接弟弟妹妹的马车早已准备好了，此时，屋子里传来人的说话声和脚步声，院子里同样传来一阵交谈的声音，这种感觉就如同你因为生病而被暂时丢在一边，周围的一切并没有停止，反而依然照常进行着，你却只能独自躺在床上，这让你的心里泛起一阵产生隔阂的感觉，乃至于满怀恨意。末了，那个名叫帕拉莎的女仆，不知道站在哪个位置，突然大喊一声："老夫人，马车准备好了！"就这样，马车上边的串铃发出了丁零零的响声，紧接着是一阵嘚嘚的马蹄声，以及一阵沙沙的声音——看来马车就要从台阶旁经过了……米佳虽然躺在床上纹丝不动，但他的耳朵却仔细听着外边的动静——听差室里，母亲正在下达最后一道命令，他的内心感到十分焦急，简直就像是着了火似的，忍不住自言自语道："真是的，还能不能出发了！"就在这时，再次传来了马车上的串铃的响声，它一直跟随马车向远处移去，当马车沿着一面山坡往下走的时候，这阵铃声变得越加整齐，后来慢慢模糊起来……

这时，米佳飞快地从床上起来，朝大客厅走去。在傍晚明媚的云霞的照耀下，大客厅显得十分敞亮，只不过，此刻这里早就空无一人了。不仅如此，就连整座房子都找不到一个人影，空空如也，甚至有点儿瘆得慌！连成一排的房间的房门全都被打开了，它们静悄悄地组成了一个过道，米佳的心里泛起一种十分古怪的、就像是要道别一样的情绪，忍不住朝小客厅、起居室以及图书室看过去，就在图书室里，一扇朝南的窗户外边，显现出黄昏时候的泛青的天色，那棵如同传家宝一般的枫树就矗立在窗外，它的树顶是碧绿色的，看上去就像是一幅美丽的图画，天蝎星——如同一个粉红色的亮闪闪的圆点一般，刚好就悬挂在它上方的那片天空里……之后，为了确认帕拉莎是不是待在那间听差室里，米佳特意朝那里走了过去。当他到了听差室后，发现这里同样空无一人，于是他赶忙拿起那顶放在衣帽架上的大学生制帽，飞快地朝自己的房间跑去，接着就从房间里的那扇窗户往外边一跃而下，稳稳地踩在了花坛上边。在花坛上边呆呆地站了一阵以后，米佳就赶忙弯腰朝园子里跑去，很快，他突然朝旁边的一条小林荫道上拐过去——那里人迹罕至，长着无数刺槐和丁香树。

二十七

每天黄昏的时候，园子里通常会升起各种各样的味道，只不过，由于没有露水降下来，因此闻起来并不是很明显。这天傍晚，米佳的一举一动其实都是在无意识的状态下进行的，只不过，他本人却感到园子里散发出来的味道很明显，不仅混杂了非常多的气味，而且相当浓郁，几乎是他出生以来从来没有闻过的，当然，并不包括他的婴儿时期。园子里的每样东西，都在不停地往外散发各自的味道——那片刺槐丛、丁香树的叶片、黑加仑的叶子、东洋参的叶子、各类花草以及这一整块土地……

米佳朝前边飞快地迈了几步，就在这时，仿佛阿莲卡出现与否早已变成自己生命的根本一般，他的心里突然出现了一个让他感到胆战心惊的想法："如果她只是在哄我，根本就不会出现在这里呢？"虽然空气中弥散着各类植物散发出来的味道，但米佳依然能从中辨认出做饭的味道——也就是村子里某些人家的烟囱里飘出的烟味，就这样，他再次停了下来，扭头向后边瞧了瞧。甲虫经常会在黄昏时分出现，此刻它们正慢悠悠地在米佳身旁飞来飞去，仿佛是为了将此刻的宁静、晦暗和舒适传播出去似的，它们不停地发出嗡嗡嗡的响声。虽然太阳早已落山了，但天空的一半仍然被均匀洁净的初夏时分的晚霞占据着，这片晚霞长时间地停留在那里，好像根本就不愿散去。此时的天色依然还很明亮，透过眼前的这片树木，大宅的房顶有一部分露了出来，在它上方的那片明净的天空里，早已出现了一弯明亮的新月，看上去就如同一把镰刀一般。米佳抬头看了一眼月亮，然后在自己的胸前飞快地比画了一个"十"字，接着他就向前迈了一大步，瞬间钻到那片刺槐丛里去了。由于和小林荫道相连接的并不是那处窝棚，而是那片凹地，因此要想到窝棚那里去，就一定要朝左侧斜插过去才可以。进入这片树丛后，米佳一路往前奔跑，由于树丛里有很多往下延伸过来的细长的枝条，因此米佳一会儿弯腰前进，一会儿朝旁边躲闪过去，就这样，没过多久，他来到了窝棚前——这是他和阿莲卡早就商量好的。

米佳提心吊胆地朝窝棚里走了进去，里面一片漆黑，弥漫着一股早已发霉的干麦秸的味道，他小心翼翼地朝周围打探了一番，发现这里空无一人，这实在是太令人开心了。由于对命运极为关键的一刻即将来临，米佳突然变得异常谨慎起来，甚至特意走到窝棚外面去了。他的身体今天一直处于极度兴奋的状态，甚至此刻，这种肉体上的亢奋早已达到了极致。只不过，令人感到不可思议的是，不管是白天也好，还是此时此刻，米佳所感受到的这种亢奋的状态并没有侵占他的心灵，而只是将他的身体控制起来，就如同它是完全脱离米佳而存在一般。虽然心灵并没有被侵占，但此刻，米佳的心却疯狂地跳动起来，甚至跳得有些恐怖。由于周围静谧极了，因此米佳能够清晰地听到自己的心跳声。苹果树的树枝和暗色的树叶，在傍晚的天空中勾勒出各式各样的图形，一些根本不易被看见的小灰蛾正在那里不断地飞来飞去，同样静悄悄的。四周变得更加安静了，就好像是这些小灰蛾使用了什么魔法似的。就在这时，米佳身后突然传来一声巨响，仿佛是某个位置有什么东西断裂了，简直就如同一声巨大的雷鸣，着实将他吓坏了。米佳赶忙转身，一直沿着树木朝那道用来防护园子的土坝看过去，发现苹果树下面好像有什么东西——看上去黑乎乎的，正朝着自己跑过来。那个黑乎乎的东西飞快地跑到米佳面前，根本没给他一点儿反应的时间，紧接着就猛地撞了他一下，米佳这才看清楚，原来眼前站着的正是阿莲卡。

阿莲卡的脑袋上套着一条黑短裙——这是她自己用毛料织成的，这时，她的身体微微往后一倾，然后一把抓住那条短裙的底边，将它拿了下来，米佳这才看清楚她那张露着笑容的脸庞——看上去既充满不安，又满是欣喜。她的上身只穿了件常见的粗布衬衣，一对如同少女一般的乳房在下面高高挺起，衬衣的领口张得很开，她的颈部和肩膀的一小部分露了出来，袖子卷了起来，一直卷到了胳膊肘上边，露出了两条丰满的胳膊，套着一条短裙，脚上则没有穿鞋，赤裸裸地踩在地上。阿莲卡不仅仅是个女人，而且还如同一个孩子一般，从她那绑着黄头巾的小脑袋，一直到那两只没有穿鞋的小脚，整体看上去是如此的漂亮、灵活、诱人。虽然米佳已经见过她几次了，但每次她看上去都是精心打扮过的，唯独今天这一次，她穿得相当简朴，没有任何精心打扮的痕迹，而米佳也是第一次感受到这样朴素的她所散发出来的独特魅力，心里感到惊喜万分。

"嘿，赶紧的，不然还要怎样呀。"阿莲卡小声地喊道，看上去非常激动，但又显得忐忑不安，像是做了什么坏事似的。她扭头朝后边看了一下，然后就跑到那个黑漆漆的窝棚里去了——那里弥漫着浓郁的麦秸味。

米佳跟着阿莲卡一起钻到窝棚里去了,面对面地站在里边,米佳将牙齿紧紧地咬合在一起(为了不让上下牙碰到一起时发出响声),接着迅速地将一只手伸进裤子上的那个口袋里(他实在是太过紧张了,两条腿绷得又直又硬,简直就如同铁铸一般),摸索着拿出了一张钞票,将它递到了阿莲卡的手中。虽然这张钞票看上去有些七皱八褶的,但是5个卢布。阿莲卡一把接过那张钞票,飞快地将它放进怀里藏了起来,然后就一屁股坐到地上去了。米佳紧挨着她坐了下来,用手搂住了她的脖子,接下来是不是应该和她接吻——米佳心里并不是很确定。阿莲卡身上所散发出来的味道——那块头巾的气味、她头发上的气味以及她身体上飘出的吃过大葱以后的味道,完完全全地和这间窝棚里弥漫着的烟麦秸味融为一体,在这样一阵气味中,米佳感到十分惬意,甚至有些眩晕。其实,米佳不仅感受到了这一点,而且还心知肚明。只不过,那种身体上所能感受到的恐怖的能量,始终未能变成内心迫切的欲求,也未能变成蔓延到全身的极致的快感和懒散的睡意,它仍旧像之前那样。阿莲卡将身体往后倾倒,直直地躺了下去,米佳也同样躺了下去,并紧紧靠在她身旁,接着他就将自己的一只手伸了过去。阿莲卡一边拽着米佳的那只手往下移动,一边低声笑了起来,好像有点儿发疯似的。

"不能这样。"阿莲卡对米佳说道,只不过,她的这句话究竟是以怎样的心态说出来的——是如实地陈述事实,还是出于玩笑地逗乐呢,并不是很清楚。

阿莲卡将米佳的那只手拉住后,又将自己的手牢牢地放在上面,握得十分紧实,一点儿也不愿意松开。她的双眼盯着窝棚里的那个如同三角形的门框,正前方刚好能看到苹果树的树枝,以及躲在树枝后边的那片灰暗的天空，当然也包括那颗像个小粉红点似的天蝎星——它依然纹丝不动地挂在空中，看上去有些孤单。阿莲卡的两只眼睛到底想要表达什么意思？米佳下一步该做些什么？是先亲吻她的颈部呢，还是先亲吻她的嘴巴呢？就在这时，阿莲卡突然将自己身上的那条短裙掀了起来，然后心急如焚地对米佳说：

"嘿，赶紧的，不然还要怎样呀……"

从地上站起来后，米佳看上去一副精神萎靡的样子，简直低落极了，然而阿莲卡却显得异常精神，她将头发打理整齐，并将那块头巾再次绑到脑袋上，这时，她以一种和米佳非常亲密的姿态——就如同情人一般，小声地问了句：

"我听别人说，您之前去过苏博京诺村。听人说，那个地方的神父会以很低的价格出售小猪崽。这个消息可信吗？您之前有没有听说过呢？"

二十八

这一周从礼拜三开始就下起了雨,礼拜六更是整整下了一天的倾盆大雨。偶尔,天空会变得十分阴沉昏暗,雨也会随之下得特别大。

每天,米佳都会在那片园子里来回走动,同时还会放声哭泣,根本停不下来,甚至偶尔连他本人也会感到诧异:究竟是从自己身体的哪个位置,冒出来如此多的泪水呀?

为了通知他去吃午餐,女仆帕拉莎特意跑到院子里,站在那条大林荫道上喊他,不久后,她又跑来通知他去喝茶,只不过,自始至终他都默不作声,没有一点儿反应。

天空中布满了乌云,天气也开始变冷了,潮湿的气息简直快要钻到骨头里去了,虽然眼前的景象是阴沉昏暗的,但那片潮湿的园子看上去却变得更加鲜绿、更加明亮了。偶尔会突然吹来一阵猛烈的大风,那些原本停留在树叶上的水滴瞬间就会被吹落下来,就好像又降下一阵大雨似的,传来稀里哗啦的响声。只不过,对于眼前的这幅景象,米佳看上去一点儿也不在意。他头上戴着的那顶白色的制帽早已变色，看上去是深灰色的，而且显得十分松弛，一个劲儿地往下垂着，上身穿着的那件制服也早就变黑了，脚上的那双长筒靴沾满了污泥，一直蔓延到膝盖那里。他的模样看起来实在是太恐怖了，全身上下湿漉漉的，脸上找不到一丝血色，看上去惨白惨白的，由于哭得太久了，眼睛变得又红又肿，流露出近乎发疯的状态。

米佳嘴里的烟根本就没有断过，他迈着大步走在那条满是淤泥的小林荫道上，甚至偶尔，他几乎没有任何想法，盲目地乱走一通，要么会整个人掉进那片高大的湿乎乎的草丛里——就位于苹果树和梨树之间，要么会被蜿蜒的树枝撞倒，那些附着在树枝上面的各式各样的暗绿色的苔藓，早就被雨水打湿了。眼前摆放着的那些长凳子，全都被雨水浸透了，甚至看上去有些泛黑，米佳坐在这里休息了一会儿，接着又朝那片凹地走去，最后走进那个他和阿莲卡睡过的窝棚，再次将身体倒在那些早已被雨水浸湿的麦秸上边。由于气温实在是太低了，而且还充满了潮气，因此米佳的双手被冻得发青，就连嘴唇也变成紫色的了，他的脸看上去和死人的脸没有什么区别，都是一样的惨白，一样的泛着紫色，尤其是两边脸颊，全都深深地陷进去了。已经泛黑的麦秸顶棚上边，偶尔会掉下一颗颗锈色的大水滴。米佳用双手托起脑袋，整个人仰面躺在地上，并将两只脚交错搭在一起，他目不转睛地盯着顶棚，眼神看上去十分古怪。不久后，他的颧骨渐渐泛起紫色来，就连眉毛也开始颤抖了。米佳突然从地上起来，一只手迅速地伸进裤兜，并从里面拿出一封信——这是那位土地丈量员顺手带回来的，由于需要处理一些事情，他刚好会在米佳家里住上几天，虽然这封信是昨天晚上才收到的，但它却被米佳拿在手中看了100次，早就变得脏兮兮、皱皱巴巴的了。这会儿，米佳再次拿出了这封他始终看不够的信，打算开始第101次的阅读：

"我最心爱的米佳！我是个粗俗不堪的人，我不够善良，糟糕至极，我甚至根本就不配和您相恋，然而对于艺术，我却充满了热爱！如今我早已下定决心，我要离你而去，这就是我们之间的最终结局，至于我会追随哪个人，您是清楚的……您是个聪明而又敏感的人，一定会体谅我的所作所为，对于过去所发生的一切，请您原谅我，并就此遗忘吧！更重要的是，您不要再苦苦作践自己和我了！至于信，你不要再给我寄任何的信件了，那根本无法改变什么！"

读到这里，米佳猛地将手里的那封信揉在一起，然后将自己的脸埋到那堆湿漉漉的麦秸里，拼命地想要忍住悲痛，却上气不接下气地大哭起来，简直就像疯了一般。信中不经意出现的那个"你"字，是何等的恐怖，它让米佳不禁回想起并感受到自己和卡佳之间的那种亲密无间的关系，并将常人难以承受的温情再次倾注到心里！在这个可怕的"你"字后边，紧接着出现的是一个非常决绝的告诫：从此刻起，就算再寄信给她，都无法改变什么！没错，没错，对于这一点，米佳心里非常清楚！他和卡佳之间算是画上了一个句号，彻彻底底地分开了！

虽然天色还早，但雨却越下越大，更加疯狂地袭击着这片园子，与之前相比，雨势增强了10倍，甚至还夹杂着滚滚惊雷，最终，米佳只好起身往家走去。他浑身上下全都湿透了，因为太过寒冷，身体止不住地哆嗦起来，上下牙也正激烈地碰撞着。他并没有马上跑回房间，而是藏在一棵树后观察，直到确定没有任何人看到他后，才赶忙跑到自己房间的那扇窗户外，并将它支了起来（由于这扇窗户的样式是以前的风格，因此有半扇窗格能被支撑起来），紧接着，他猛地从这个窗口钻了进去，并将房门反锁起来，而后一头栽到床上去了。

没过多久，天色就完全变黑了。无论何处——房顶上、房屋周围以及园子里，全都是一片下雨的声音。当然，不同的地方，传出的下雨声也就不同，比如园子里传出的是这种雨声，而房屋周围传出的则是另一种雨声。落在房顶上的雨水沿着那些位于房檐下方的水槽缓缓滴落，最终落入地面上的那个水坑里，溅起一些水花，并传来叮咚的响声。米佳原本已经沉睡过去了，但屋外的雨声却突然将他惊醒，加上他的脑袋、鼻孔以及呼吸全都热得发烫，于是他突然感受到一种难以言表的兴奋，就好像是被医生注射了麻醉剂，由此抵达了另外一个世界——那里有归他人所有的大宅，有另一种傍晚，让人产生一种毛骨悚然的第六感。

米佳的意识还算清醒，他清楚自己所在的位置——就在他的那间房间里，他也清楚房间里之所以黑漆漆的，是因为傍晚马上就要来临了，况且外边还在下雨，他也能听到从大客厅传来的谈话声——他的母亲、弟弟妹妹以及那位土地丈量员正坐在那里一边聊天，一边喝茶。只不过，他同时还有另外一种感觉，那就是：他仿佛是住在别人家里，眼前走过一个年纪不是很大的保姆，他赶忙跟了上去，内心感到一阵越发强烈的惧怕，简直难以用语言表达清楚。那个走在米佳前边的保姆，正将一个胖乎乎的婴儿抱在怀中，当米佳看到那个婴儿白白嫩嫩的脸蛋时，他的脑海里突然出现了以上的感受。为了确定这个保姆是否就是那个名叫阿莲卡的女人，米佳赶忙追了上去，想亲眼看看她的正脸，却没想到，四周突然变成了一间中学教室，光线十分昏暗，玻璃上早就被粉笔画过了，看上去脏兮兮的。那个女人正站在五斗柜前，欣赏镜子里面的自己，并没有发现米佳的身影(突然间，米佳似乎可以隐形了)。她穿着一条黄色的绸质衬裙，由于她的大腿太过丰满，因此裙子绷得紧紧的，她的腿上穿着又薄又长的网状黑袜，将自己的双腿露出来，至于脚上，则穿着一双高跟鞋。虽然她的神情看起来有些担心，但却有一种难以掩饰的欢乐，同时还有几分羞涩，就像是已经预知了即将出现的状况。至于那个白白胖胖的婴儿，她早就将他放到那个五斗柜里，好好地藏了起来。她站在镜子前，将自己的头发甩到肩膀上，然后飞快地编起辫子来，镜子里映出了她的模样：擦了粉的小脸蛋、袒露在外边的肩膀。她一边看着镜子，一边打量着房门那里的情况。就在这时，房门突然被推开了，走进来一个身穿晚礼服的男人——他长着一头卷曲的黑短发，脸色显得十分苍白，胡子全都被刮得干干净净的，他不时地回头往后瞧一瞧，看上去既无畏又胆怯。他从口袋里拿出一个金色的烟盒，看上去又扁又平，接着就摆出一副旁若无人的神情，开始抽烟了。那个女人一脸羞涩地望着这个男人，对于他为什么会出现在这里，她似乎心知肚明，当她编好辫子后，猛地一下将它甩到身后，接着就将两条赤裸的胳膊举了起来……那个男人勉强地将她的腰搂了起来，而她则两条胳膊绕在他的脖子上，这时，她那两个黑漆漆的腋窝就完全露在外边了，紧接着，她将自己的身体紧挨到他的身上，并将脸深深地埋进他的怀中……

二十九

当米佳从梦中惊醒时,他全身上下都被汗水浸透了,那一刻,他异常清醒地认识到:比起阴曹地府,这个世界显得更加无情、更加黑暗、更加让人心灰意冷,而他本人,算是彻底玩完了。他的房间并没有开灯,黑漆漆的根本看不到任何东西,窗外依旧下着雨,这阵雨声(哪怕只是一阵声响),对米佳原本就已冷得哆嗦的身体而言,简直是太可怕了,根本无法承受。对米佳来说,虽然那种违背自然常理的事是最让人难以接受、最让人感到恐怖的事情,但是就在刚才,他似乎早已和那个刮光胡子的男人一块做了这件可怕的事情。一阵有说有笑的谈话声从大客厅那里飘过来,这声音对米佳而言,不仅非常恐怖,而且与自然常理相违背。通过这声音可以听出他们对米佳的漠不关心,也可以听出生活的蛮横无理,以及它对米佳的残忍和冷酷……

就在这时,米佳猛地从床上坐起来,并将两条腿搭在床边,然后对着空气大喊一声:"这都算些什么呀!卡佳!"他的样子看上去十分坚定,就如同确信卡佳就陪伴在自己身边,并能听到自己刚才的这句话一般，卡佳之所以没有回应自己，仅仅是因为就像米佳本人一样，她也意识到自己的所作所为是何等恐怖，并且早已成了定局，至于她本人，同样算是玩完了。其实，米佳愿意宽恕卡佳的一切过错，唯一的条件就是卡佳必须重新回到之前的状态，不仅要再次投入米佳的怀抱，而且要和他站在一起，共同拯救他们那段难忘的爱情——对米佳来说，稍早些的时候，他还停留在那个如同天堂般美好的爱情世界里，为了向卡佳表明自己的决心，米佳悲伤而又不失柔情地小声说了句："哎，卡佳，其实都差不多！"接着，米佳又重复了一遍："哎，卡佳，其实都差不多！"然而话音刚落，他突然醒悟过来，根本就不是这样的，根本就没有"差不多"，这一切早已成了定局，他再也无法回到那种在沙霍夫斯科耶村体验过的美好中去了——在那里的庄园中，在那个开满了山梅花的阳台上，当他停留在那里时，曾亲眼看到过多少美好的景象，只不过如今，一切全都回不去了，想到这里，米佳的身体里突然产生了一种钻心的痛苦，他忍不住伤心地哭泣起来。

由于这种痛苦实在太过强烈，简直让人难以忍受，因此米佳的内心此刻仅有一个迫切的渴望，那就是从这种痛苦中逃离出来，哪怕只有十几分钟。他不愿再次面对那个恐怖的世界，要知道，他本人已经被困在那里整整一天了，甚至不久前还做了一个令人恐怖、唾弃的噩梦。于是，米佳已经完全顾不上考虑自己到底在做些什么，也根本顾不上之后将会出现怎样的后果。就这样，他在黑暗中打开了床头柜的一个抽屉，并从里面拿出一把左轮手枪——它不仅沉甸甸的，而且散发出刺骨的寒意，紧接着，米佳一脸愉悦地长叹了口气，而后将嘴巴尽可能地张大，以愉快而又舒畅的心态，使劲将那把手枪的扳机扣了下去。

1924 年居于法国阿尔卑斯滨海省

骑兵少尉叶拉金案件

一

这是一桩曲折离奇、骇人听闻的案件，而且几乎没有真相大白的那一天。这桩案件既简单又复杂，用我们城里的人的话来说，倒是类似一部以情杀为主题的言情小说。其实，如果以这桩案件为素材，完全可以写出一部脍炙人口的文学作品。总之，辩护人在法庭上给出的辩护是不偏不倚、合情合理的。

"对于这桩案件，我认为似乎没有必要和诉方代表进行争辩。"辩护人用这句话开始了自己的辩护，"因为被告已经认罪，而且法庭上在座的各位都认为，不论是被告还是受害者，似乎精神都十分空虚，因此也就不难想象被告为何会犯下如此罪行了。可是，这一切都只是表面现象，并不是案件的真相。这桩案件确实还有很多地方值得商榷，至于为什么要深入探究和商榷，原因有很多……"

他又说："如果本辩护人只是想让被告获得宽大处理，那我不需要多费口舌就能达到这个目的。对于在类似本案的情况下，法官应该遵守哪些法律条款，立法者并没有明确指出。因此在这桩案件中，法官有很大的空间。根据自己的见解、良知和判断力，他们完全可以自由选择适用的法律条款，判处被告的罪责。如果我的目的是让被告获得宽大处理，那么我只需要做到尽最大的努力去干扰在座各位法官的见解和良知，强调所有有利于被告和能够减轻他的罪责的地方，充分激发法官们的慈悲心就可以了。而且，我这么做的理由非常充分，因为被告已经承认了所有的罪行，唯独否定了一点：他是故意行凶的。可是就算我这么做了，我也无法避免跟公诉人进行争辩。因为公诉人已经认定，被告'心如蛇蝎，故意行凶'。不管是什么样的案件，都可以从不同的角度去理解，都可以给出不同的解释，都可以根据某一个侧面进行论述。那么，我到底对本案持有怎样的看法呢？我的看法就是，就本案中所有的线索和细节来说，我根本无法和公诉人见解一致，并经过讨论得到一致的结论。为什么呢？因为'一切都是这样，可是一切又都不是这样'。对于这一点，我必须时刻提醒公诉人才行。总之，这桩案件的实质'不是这样'，这才是案件的关键所在。"

一开始，这桩案件就骇人听闻。

这件事是去年发生的，具体日期是6月19日。当时只是清晨5点，但是在夏日的朝阳的照耀下，那时禁卫军骑兵团骑兵大尉利哈廖夫家里的餐厅已经阳光明媚、闷热不堪。不过，由于这里地处郊区，位于骠骑兵营房的一座楼房里，因此四周十分静谧。由于环境静谧，再加上年纪尚轻，这时候的骑兵大尉还沉浸在香甜的睡梦中。餐桌上乱糟糟的，不但有几瓶烈性甜酒，还有几个杯子，里面有一些咖啡。餐厅的隔壁是一间会客厅，骑兵上尉科希茨伯爵正在里面酣睡。在会客厅的隔壁，是一间书房，此时骑兵少尉谢甫斯基正在里面休息。总之，这就是一个平淡无奇的清晨，一切都和往常一样。然而世事难料,越是平常的时刻,越是会发生不平常的事情。6月19日清晨发生在骑兵大尉利哈廖夫家里的这件事就骇人听闻,令人瞠目结舌,听到的人都感觉难以置信。门厅里突然传来了门铃声,生生打破了这种静谧。勤务兵连鞋都来不及穿,就轻轻地冲过去开门。然后,就听到一个刻意抬高的嗓门:

"在不在家?"

来人进屋的时候,刻意发出了很大的响声。他用力推开餐厅的门,发出砰的一声。然后,他用力踩踏地板,让靴子上的马刺发出巨大的声响。骑兵大尉从睡梦中惊醒,揉了揉惺忪的睡眼,发现眼前站着的是跟自己同一个团的骑兵少尉亚历山大·叶拉金。这位少尉身材瘦削,个头矮小,有一头淡棕色的头发和一脸雀斑。他有两条细得吓人的罗圈腿,脚上的靴子倒是十分讲究。用他自己的话说,他这辈子最大的爱好就是穿好靴子。他飞快地脱下夏季军大衣扔在椅子上,然后大声说:"请您把我的肩章摘掉吧!"然后,他就走到对面那堵墙下的沙发上,仰面躺着,把双手垫在脑后。

"等一下!"骑兵大尉瞪大眼睛看着叶拉金,嗫嚅着说,"你这是去哪儿了?到底发生了什么?"

"我把玛妮娅[①]给杀了。"

"你是不是喝多了?你说的是哪个玛妮娅?"骑兵大尉惊奇地问。

"还能是哪个,就是玛丽娅·约瑟弗芙娜·索斯诺夫斯卡娅,那个女演员。"

骑兵大尉把原本放在长沙发上的腿放到了地上。

"你一定是在跟我开玩笑吧?"

"很抱歉,不过也许是很幸运,我根本没有开玩笑。"

---

① 玛丽娅的昵称。——译者注

"是谁在那里？发生什么事了？"在会客厅里睡觉的伯爵大声问。

叶拉金伸直腿，轻轻一踹，通往会客厅的门就应声倒地了。

"有什么好大惊小怪的？"叶拉金说，"是我，叶拉金，我开枪打死了玛妮娅。"

"什么？"伯爵先是发了一会儿愣，然后哈哈大笑起来，"是这样啊！"他高兴地说，"我原谅你，要不是你及时吵醒我们，我们肯定就睡过头了。要知道，我们凌晨3点才躺下休息，昨天晚上玩得太疯了。"

"我真的开枪打死了她。"叶拉金固执地重复了一遍。

"好了，不要吹牛了，老弟！"主人一边往脚上套袜子，一边大声说，"我刚才还以为真的有什么大事发生，差点儿被你吓死！叶甫列姆，把茶叶拿过来。"

叶拉金冲到自己的军大衣旁边，从口袋里翻出一把小钥匙，对着餐桌随手一扔，就把钥匙扔在了桌子上。他毫不在意地说：

"你们要是不相信，就自己去看看好了。"

在法庭上，检察官把叶拉金在本案中"不知羞耻"和"惨绝人寰"的行为拿出来说了一遍又一遍，至于他在骑兵大尉家的表现，更是被反复应用。他忘记了，在这个6月的清晨，骑兵大尉利哈廖夫只是在一开始没有注意到叶拉金的脸色"惨白如纸"，但是后来，大尉就被"他的脸色和眼神震慑住了，不知如何是好了"。

二

这件惨案，发生在去年6月19日清晨。

距离叶拉金进门只隔了半小时，科希茨伯爵就已经带着骑兵少尉谢甫斯基出现在了索斯诺夫斯卡娅的公寓门口。这时候，他们已经有这种感觉：叶拉金并没有开玩笑，这桩惨案应该是真的。

在路上，他们焦急地催促马车夫加快速度。到了公寓门口，还没等车停稳，他们就从马车上跳了下来，一边把钥匙插入锁孔，试图打开门，一边疯狂地按门铃。但是，这把钥匙和这道锁根本就不匹配，门没开，门内也毫无动静。他们两个心急如焚，大步跑进院子里，去找扫院人。扫院人从后门冲进厨房，很快就回来报告，据女仆说，索斯诺夫斯卡娅昨天傍晚就坐着车，带着一包东西离开了，一夜未归。伯爵和骑兵少尉听完扫院人的报告，一时间也不知道该怎么办。他们想了一会儿，就带着扫院人，乘坐马车赶回了部队，并从那里给骑兵大尉利哈廖夫打了一个电话。骑兵大尉就像疯了一样，冲着电话大吼：

"我正要训这个傻瓜!他居然忘了告诉我们,命案并不是发生在她的公寓里,而是他们位于老城街14号的那个爱巢。记住了吗?是老城街14号。从外观上看起来,这座房子类似巴黎的旅馆,房门正对着大街。"

他们迅速跳上轻便马车,一路朝着老城街疾驰。

扫院人坐在车夫的位置上,两个军官坐在车厢里,在他们的对面,警察分局局长坐得端端正正的。此时的天气十分闷热,大街上人潮涌动。谁能想到,在这样一个充满阳光和生机的早晨,居然会有人被杀,而且更令人意想不到的是,凶手居然是年仅22岁的萨什卡[①]·叶拉金。他为什么要痛下杀手,犯下杀人的罪过?他们之间到底发生了什么,才让他动了杀机?他是因为什么,以何种方式杀人的?一切实在是让人想不通。

最后,轻便马车驶入老城街,停在了一栋破败不堪的二层楼房前面。伯爵和骑兵少尉看到眼前的景象,都表示"毫无兴致"。在这样一个破败的地方,真的会发生凶杀案吗?虽然他们两个都很想进去亲自看一看,但是现在还有这个必要吗?倒是警察分局局长精神抖擞,充满信心。

"请给我钥匙!"他的语气非常强硬。两位军官一听,胆怯地把钥匙交给了他。看他们谦卑的样子,倒不像是军官,而像是扫院人。

在这座楼房的正中间,是一扇大门,从大门往里看,能看到一个长着一棵小树的小庭院。可能是因为这棵树紧挨着深灰色的墙壁的缘故,它的绿叶散发着一种奇怪的亮光。大门的右侧还有一扇房门,正对着大街。此时他们要打开的,就是这扇房门。警察分局局长眉头紧皱,把钥匙插进锁孔,门应声打开了。呈现在他们面前的,

---
①亚历山大的昵称。——译者注

是一个漆黑狭长的房间，看起来更像一个走廊。警察分局局长似乎有着惊人的嗅觉，连电灯开关所在的位置都能闻出来。他的手往墙壁上一摸，就打开了电灯，这个漆黑狭长的房间很快就明亮起来。在这个房间的最里面放着两把安乐椅，这两把安乐椅是围着一个小桌子放置的，小桌子上还有几个碟子，里面放着吃剩的野味和水果。再往里一看，就更让人觉得毛骨悚然了。在这间类似走廊的房间的右墙上，有一扇通往内室的小门。那里的光线十分昏暗，是由一盏吊在天花板上的蛋白色的小灯发出的。在灯上还有一个黑绸灯罩，如同打了一把伞。在这盏灯的照射下，这间房间莫名有了一种坟墓的感觉。这间阴森的房间里似乎有鬼魅，被四面墙牢牢围住，连个窗户都没有。在这间内室的最里面，放着一张低矮的土耳其式大沙发卧榻，上面躺着一个绝世美女。此时，她只穿着一件汗衫，半睁着双眼，双唇也半张着，头耷拉在胸前，双臂伸直，双腿微分。

　　三个人停住了脚步，目瞪口呆地看着眼前的一幕。

三

之所以说死者是一个绝世美女,是因为她完全符合年轻画家们想象中的绝世美女的要求,身材苗条,体态绰约。她有着完美无瑕的纤纤玉足、周正的脸蛋和绝美的秀发。可是现在呢,这一切都失去了生命。她的身体已经僵硬,失去了生气,在她的绝世容颜的映衬下,这具尸体看起来更吓人了。她的头发十分整齐,就算去参加舞会,也不需要再次梳理。这个大沙发卧榻的垫子微微隆起,此时,她的头就枕在沙发上,下巴靠在胸前,这让她半睁着的呆滞的眼睛和整张脸看起来都微微有些困惑。那盏吊在天花板上的蛋白色的小灯,再配上像伞一样的黑绸灯罩,照得她的身体异常明亮。这个黑绸灯罩不但像一把伞,还像一只张开羽翼的猛禽,牢牢地护着死者。

就连见多识广的警察分局局长也被眼前的一幕震惊了。他们发了一会儿愣才回过神来,哆嗦着走到尸体旁边,仔细查验。

死者的玉臂平放在身体两侧,裸露在空气中。她的胸脯位置,就是汗衫的花边,上面放着两张名片,上面写着叶拉金的名字。她的玉足旁边，还放着一把骠骑兵的军刀。粗犷的军刀在玉足的映衬下，显得更加丑陋了。突然，伯爵有了一个奇怪的念头：他想拿起军刀，看看刀上是否有血迹。可是，他还没有来得及行动，就被警察分局局长制止了，因为他的这个动作是完全不合规的。

"没错。"伯爵嗫嚅道，"现场的所有东西都不能乱碰。可是，为什么现场既没有血迹，也没有任何犯罪的痕迹呢？实在是太奇怪了。我想，她一定是被毒死的。"

"要有耐心，不要妄下断言。"警察分局局长严厉地说，"等侦查员和法医来了，才能得出结论。不过以现场的情况来看，很有可能是被毒死的。"

确实，现场的情况给人的感觉就是死者是被毒死的。地板上、卧榻上、尸体和尸体穿的汗衫上，一滴血都没有。在卧榻的旁边，放着一张沙发椅，上面放着很多衣物：女式衬裤、罩袍，在这两件衣服下面，还有一件天蓝色的衬衫、一件看起来就十分高级的灰色裙子，以及一件灰绸面子的女士大衣。这些衣服放得乱糟糟的，但是上面也没有血迹。之所以认为死者死于中毒，还有这样一个原因：在卧榻的上方，有一个砖砌的搁板，上面随意地放着一些酒瓶、酒塞、烟蒂，还有女人的发针和碎纸。在这些东西之间，居然还藏着一个酒杯和一个小药瓶，而且酒杯里还残留着一些黑啤酒。这个小药瓶也很诡异，上面有一张白色的标签，标签上写着"Op·Pulv[①]"这几个字。

就在警察分局局长、伯爵和骑兵少尉正忙着看这几个拉丁字的时候，搭载着侦查员和法医的马车停在了门口。短短几分钟后，结论就出来了：叶拉金没有撒谎，索斯诺夫斯卡娅确实是中弹身亡的。

①拉丁文，意思是"鸦片粉末"。——译者注

虽然在汗衫上没有发现血迹，但是在汗衫里面靠近心脏的位置，却有一摊血迹。在心脏附近有一个圆形伤口，伤口的周围被灼伤了。现在，紫黑色的血水正从伤口汩汩流出。那为什么血水没有弄脏衣服呢？因为伤口上塞着一团手帕。

法医验尸之后，还得出了什么结论呢？一共有五个。第一，在死者的右肺里发现了结核病灶。第二，凶手是用枪口抵住死者的心区开枪的，因此，死者中枪之后，只说了几句话就死了。第三，死者生前并没有与凶手搏斗过。第四，死者生前不但喝过香槟酒，还喝了一些兑有少量（不致命）鸦片的黑啤酒。第五，死者临死前曾经与男人发生过性关系。

但是，这个男人到底是出于什么动机，才会开枪射杀她呢？叶拉金一口咬定：当时他和索斯诺夫斯卡娅十分悲观，觉得只有死路一条。而且，他是受索斯诺夫斯卡娅的委托，才开枪射杀她的。但是，他的供述与死者生前的绝笔存在很大的冲突。前面已经交代过，死者的胸脯位置放着两张名片，上面写着叶拉金的名字。死者临死前，用波兰文在上面写下了绝笔（不得不说，语句都不通）。其中一张上面是这么写的：

"剧院董事长科诺夫尼津将军：承蒙您多年以来对我的友谊，请允许我最后向您致敬。我还要拜托您，请您把我最近演出的收入交给我的母亲……"

另一张上是这么写的：

"此人杀死我合情合理。亲爱的妈妈，我不奢望您原谅我，因为我并不是心甘情愿赴死的。妈妈，我知道，我们到了天堂之后，还会再次见面。我感觉，我就要死了……"

在搁板上还找到了一些相同的名片，不过都已经被撕成了碎片，上面也是索斯诺夫斯卡娅的临终绝笔。把这些碎片拼回去之后，就能看到上面的内容了：

"这个人邀我一同赴死，看来我只有死路一条了。"

"哎，我就要离开这个世界了，仁慈的天主啊，请不要抛下我。在临终之前，我只思念我的母亲，还有神圣的艺术。"

"哎，这个人就是我的克星，我根本无法摆脱他。上帝啊，请你救救我吧！"

最后还有一句话，似乎很难理解：

"Quand meme pour toujours…"①

从死者胸前找到的那两张名片上的绝笔，和搁板上碎名片上的绝笔，都与叶拉金的供词有着很大的冲突。叶拉金是出于什么原因，才没有撕碎死者胸前那两张名片的呢？而且，有一张上写得非常清楚，"我并不是心甘情愿赴死的"，这句话可是对他极为不利的。叶拉金既没有撕碎它们，也没有把它们带离现场，而是亲自（唯一能做这件事的就是他）把它们放在了一个醒目的地方。难道是他杀人之后太过慌张，所以没来得及撕碎？当然也有这种可能，他太过慌张，根本想不起来要撕碎这两张名片。但是如果他真的是太过慌张，那他把它们放在死者的胸前这件事，又该怎么解释呢？而且，他当时真的是慌了手脚吗？并没有，他十分从容地收拾好了死者，不但往伤口上塞了一团手帕，还给死者套上了汗衫，又整理了自己的仪表，穿好衣服。关于这一点，检察官的总结非常到位：他做这件事的时候十分从容。

---

①法语，意思是"毕竟是永恒的……"——译者注

四

检察官说:

"罪犯分两种:一种是偶然性罪犯,受到当时的客观情况和主观冲动的驱使,才会铸成大错。这一类型的犯罪在科学上还有一个专门的称谓:一过性精神错乱。另外一种,则是蓄谋已久,存心作案。这种罪犯会极大地危害社会和公共秩序,心如蛇蝎,意图不轨。可是,目前坐在被告席上的这个人,到底属于哪一种呢?毫无疑问,他属于后者,他犯罪的根由,就在于他的私生活太过放荡,导致兽性吞噬了人性……"

说实话,这句话十分偏激(虽然我们全城的人都是这么看待叶拉金的),但是看到叶拉金在法庭上的表现,这种感觉就会更加强烈。他坐在被告席上,用一只手撑住脑袋,好挡住别人的视线。每次回答问题,他的声音都非常轻柔,连一句完整的话都说不出来。看他的神情,实在是非常友善。但是我们不得不承认,检察官说得没错:这个被告与一般的杀人犯不同,他并不是因为"一过性精神错乱"

才杀人的。

检察官提出了两个问题：第一，罪犯是不是在盛怒之下，冲动犯罪的；第二，这种冲动是不是这桩凶杀案的不自觉的"同谋"。对于自己提出的这两个问题，检察官言之凿凿地说："并不是。"

对于第一个问题，他给出的答案是："并非如此，罪犯并不是冲动犯罪的，因为不可能有能够持续几个小时的冲动，而且，叶拉金又是为什么冲动呢？"

在回答第二个问题的时候，检察官又问了自己很多问题，又自己一一推翻，还把自己嘲笑了一番。他说：

"叶拉金在作案那天，有没有喝比平时过量的酒？并没有，他向来都喝很多酒，当天并没有比平日喝得多。

"被告过去和现在是否身心健康？据为他检查的医生说，他身心健康，只不过行为不检。我认为医生的说法十分正确。

"假设被告深爱着受害者，那是不是因为受害者不同意嫁给他，他才一时冲动杀了人呢？这一点也不可能，因为被告其实并不在意婚姻，也没有做任何能够促成这桩婚姻的事情，这一点我们已经证实了。"

他又说：

"那么，是不是因为索斯诺夫斯卡娅即将出国这件事，引发了他的冲动呢？也不是，因为这件事他早已知晓。

"那是不是因为他觉得，一旦索斯诺夫斯卡娅出国，他们两人之间的关系就会破裂，才会在冲动之下杀人呢？也不太可能，因为在命案发生之前，他们就曾经无数次谈过分手。那么，既然上述都不是他感情冲动的原因，那么他的冲动到底是因何而起的呢？是因为他们谈到了死，还是因为他们的房间摆设得太过离奇，还是因为房间里有鬼,还是因为房间里有一种莫名的压抑感?但是事实上,死对于叶拉金和他的情妇并不是什么新鲜事,他们经常会谈起。而至于有鬼的话题,也是无稽之谈。就算房间里真的有鬼,看到那个乱七八糟的房间,也早就逃跑了。那个房间里粗陋的晚饭,吃剩的饭菜摆满了桌子。还有,原谅我要讲一件十分粗俗的事情,马桶……叶拉金在那个房间里吃喝拉撒,不是跑去隔壁的房间拿酒,就是用小刀削铅笔……"

最后检察官总结道:

"对于叶拉金开枪射杀死者,到底是不是为了履行死者的愿望,因为我们已经掌握了翔实的资料,因此不必在此过多讨论。叶拉金的供词称,他之所以要杀死死者索斯诺夫斯卡娅,完全是为了履行她的愿望。我们认为,这是狡辩。此外,我们还掌握了索斯诺夫斯卡娅的绝笔,'我并不是心甘情愿赴死的',这对叶拉金极为不利。"

五

在检察官的起诉书中,有很多细节可以轻易推翻。"被告身心健康",但是谁又能说清,健康和不健康之间到底有怎么样的界限呢?"他没有做任何能够促成这桩婚姻的事情",可是,他之所以不去促成这桩婚姻,是因为他知道就算他付出了努力,也不会有什么收获。还有,有了爱情就一定要结婚吗?难道只有叶拉金和索斯诺夫斯卡娅步入了婚姻的殿堂,他才能得到安慰,才会避免这场悲剧?任何一桩惊天动地的爱情,似乎都有这样一个特点:避免走向婚姻。难道他连这一点都不清楚吗?

但是我要重申一遍,这些都是细节。我们不能否认,检察官的基本点是对的:没有感情冲动。

"根据医生的鉴定结果,叶拉金当时并非处于冲动状态,而是处于平静中。我敢肯定,他不但平静,而且十分平静。为什么这么说呢?我们在勘查现场之后发现,叶拉金在这套房间中作案之后,还把房间收拾了一下,待了很长时间才离开。另外,证人亚罗申科的证词也可以说明这一点。他亲眼看到叶拉金像个没事人一样走出房间，还从容地锁上了房门。还有一点值得一提，就是叶拉金在骑兵大尉利哈廖夫家里的表现。比如，骑兵少尉曾经让他冷静一下，仔细回想一下，索斯诺夫斯卡娅是否是自杀身亡的。对此，叶拉金给出的回答是'不，老弟，我记得清楚着呢'。然后，他详细地讲述了自己开枪打死死者的全过程。证人布特贝格说：'叶拉金原原本本地讲述了自己杀人的全过程，然后若无其事地喝起了茶，这让我震惊不已，我对他产生了一种非常强烈的厌恶之情。'证人弗赫特更是震惊，因为叶拉金居然嬉皮笑脸地对他说：'骑兵大尉先生，您同意免除我今天的军事训练吗？'弗赫特说：'此情此景之下，他还有心思开玩笑，简直是疯了，所以骑兵少尉谢甫斯基忍不住号啕大哭……'当然，在骑兵大尉去向团长请示该如何处置叶拉金之后，叶拉金从利哈廖夫和谢甫斯基的脸色看出，以后自己再也不是军官了，直到此时，他才号啕大哭。"最后，检察官用这么一句话结束了自己的话："直到此时！"

其实，检察官结尾的这句话，同样是荒谬的，简直不合常理。正如叶拉金一样，大多数时候，当人们遇到一件不足挂齿的小事，或者是不经意碰到了某种事物时，总是会猛地一下恢复意识，清晰地回想起往日甜蜜幸福的生活，从而认识到此刻的状况是多么的无助和可怕，甚至会感到痛苦不堪，内心就像是被刀割一样，诸如此类的状况经常可以看到，几乎无人不知啊！况且，让叶拉金突然清醒过来的事情，根本就不是不足挂齿的偶然性事件。需要明确的是，叶拉金在一个军人家庭里出生，祖祖辈辈都当过军人，经历的也都是军旅生活，这么看来，他似乎一生下来，就是奔着做军官去的。然而，就在突然之间，他失去了军人的身份，再也不是一个军官了。

比起失去军官这个职位，更让叶拉金在意的是这件事发生的原因，那就是他本人亲手葬送了那个他深爱着的女人的性命，他是如此诚恳地爱着她，简直把她看得比自己的生命还要重要，然而即使这样，他依然做出了那件让人恐惧的事情，害得她就此离世！

当然，这仅仅是一些细枝末节罢了。最关键的是，他的确从来没有出现过"一过性精神错乱"的症状。既然如此，那这起凶杀案到底是因何而起的呢？对此，检察官做出了这样的判定："对于这起凶杀案，由于其中存在很多疑点，无法辨明真相，因此目前的首要任务，就是对叶拉金与索斯诺夫斯卡娅的个性做出分析，以此搞清楚他们之间的真实关系。"紧接着，检察官毫不犹豫地宣布道：

"他们两人之间没有丝毫的共同性，是非法同居……"

事实，真的是这样吗？所有问题的核心全都集中在：事实，真的是这样吗？

六

　　叶拉金正值 22 岁，这是我对他这个人想要率先表明的一点。这不仅是一个极具危险性的恐怖的年龄，而且还能对人的未来起到决定性的作用。从医学角度来看，处在这个年龄的人，往往正在经历性的成熟阶段，而从实际生活的角度来看，处在这个年龄的人，恰巧来到了人们口中的初恋时期。对于初恋，人们始终是以十分草率的，但却饱含诗意的态度来对待的。然而，大家口中的这个"初恋时期"，往往会造成各种各样的悲剧，这一点是人们意想不到的。几乎没有一个人曾预料到，比起人们口中的对异性的爱慕之情，处在这个年龄的人，往往会产生更加浓烈、更加冲动和复杂的情感。在这个年龄，激情四溢的青春期，会让人在不经意间接受无尽的折磨，并为此进行痛不欲生的自我分析。倘若我是叶拉金的辩护律师，那么在处理这起案件时，我肯定会向法官提出如下的建议：一方面，凭借以上的言论，我希望法官能够将注意力放在叶拉金的年龄上；另一方面，我还希望法官能够认识到，从上述的观点来看，目前在我们对面坐着的这个人，根本就和其他人不一样。"这个人是一个愚昧不堪的骑兵，虽然他还很年轻，但私下的生活却非常混乱。"检察官将民众的言论再次表述了一遍，并且为了让大家相信他的评判是有事实依据的，他特意转达了演员利索夫斯基——也就是案件的目击者——曾提到过的一件事，那就是：有一次，叶拉金在白天的时候，跑到剧院里来，当时演员们正在那里排练戏剧，索斯诺夫斯卡娅一见到他，就赶忙藏到了利索夫斯基身后，并向他拜托道："大叔，快点儿把我挡起来，不要让叶拉金看到我！"紧接着，利索夫斯基继续补充道："当时我将索斯诺夫斯卡娅挡在了身后，至于这位年轻的骠骑兵，他那个时候早就喝醉了，一身酒气地站在那里，两条腿叉着，一会儿东看看，一会儿西瞧瞧，样子简直蠢极了，根本搞不明白这个索斯诺夫斯卡娅，到底躲到什么地方去了。"

这么一看，叶拉金确实算得上是一个愚笨的人。只不过，他为什么会表现得如此愚笨呢？难不成，是他"轻浮混乱的私生活"导致的？

叶拉金是在一个声名显赫的大家族里出生的，他的家庭不仅十分富足，而且还能世代承袭原来的爵位，只不过，在他很小的时候他的母亲就去世了（这个地方需要注意的一点是，叶拉金的母亲是个性格十分激烈的人）。由于叶拉金的父亲是一个十分严肃且传统的人，因此从小到大，他都生活在对父亲的恐惧之中，并且后来他之所以和父亲分开居住，就是这种恐惧心理导致的。对于叶拉金的精神状态，检察官不但以极端且轻率的态度进行了描述，而且对于叶拉金的样貌，他也表现出了相同的态度。检察官的具体描述如下：

"各位，最初，当我们面前的这位主人公穿上骠骑兵的服装时，他是多么的神采飞扬、英姿勃发。然而此刻，你们再来仔细看一看他的状态。如今，他早已被彻底地曝光了。在我们眼前坐着的这个年轻人，浑身穿着黑色的常服，个头低矮，身体瘦弱，甚至还有些驼背。他的脸上留着两条浅黄色的小胡子，整体的神情显得十分木讷，根本就不能和奥赛罗[①]相提并论，换句话说，在我看来，这个人身上有着十分深刻的蜕化特质：第一，就像是他与自己的父亲相处时那样，他这个人的胆子非常小，简直就像一只老鼠似的；第二，当他摆脱自己父亲的注视后，胆子就会变得非常大，对于他和别人相处时所存在的任何阻碍，他不仅全都视若无睹，而且还会变得狂妄起来，想干什么就干什么，甚至根本不相信法律会对他进行惩罚……"

还能说些什么呢，对于叶拉金的判定，虽然检察官以上的言辞过于轻率和果断，但是，其中依然有值得认可的地方。然而，在聆听检察官的这番判定时，我产生了两个困惑：第一，一个身上有着深刻蜕化特质的人，必定具备十分独特的个性——这种个性是异常复杂、异常悲剧的，然而，检察官对这样一个人却采取了如此草率的态度，对此我表示不理解；第二，虽然我承认检察官的这段判定中有值得认可的地方，但是，这种地方依然是少之又少的。务必要肯定的一点是，从很小的时候开始，叶拉金就对自己的父亲感到惧怕。只不过，惧怕并不能和胆小等同，特别是孩子对于父母的惧怕，况且，当我们从叶拉金的家庭背景入手，将他和自己的祖先联系在一起时，他本人对此表现出十分明显的情感。不得不承认，从外表形象来看的话，叶拉金确实不能和骠骑兵的标准形象相提并论，只不过，在我看来，正是因为这样，才很好地证实了他的本性根本就不同于其

[①]英国戏剧家莎士比亚创作的悲剧《奥赛罗》中的主人公，他因听信谣言，而失手掐死了自己的妻子。——译者注

他人。如果让我出庭辩论，那么我会这样告诉检察官：请您仔细瞧瞧您眼前的这个年轻人——他的脑袋上长着淡棕色的头发，脸上布满了雀斑，长着两只淡绿色的小眼睛（自始至终，这双眼睛都不肯看您一下），脊背看上去有些弯曲，双腿又细又弯，很快您就会感到惊讶，拥有这副面孔的人，远远不是一个普通人。同时，您还需要额外注意一个地方，正是他那堕落了的自我控制力：就在他犯案的当天清晨，从一大早起，他就进行了军事练习，和往常没有任何区别。的确，在吃早饭的时候，他确实喝酒了——六杯伏特加、一瓶香槟以及两杯白兰地，然而需要注意的是，那个时候他的精神状态依然是清醒的，根本就没有喝醉！

七

比起公众对叶拉金饱含指责和批评的言论，叶拉金的大多数战友——他们和叶拉金同属一个团，给出了截然不同的说明。对于叶拉金这个人，他们抱有十分明显的好感。举例来说，骑兵连连长眼中的叶拉金是这样的：

"从进入我们团担任军官开始，叶拉金就表现得十分优秀，不仅在处理事情的时候公平公正，而且在和下级将士相处时，也始终表现得非常亲切。在我看来，他的个性并没有太大问题，仅仅是情绪波动有些大，当然，他并不会因为这种情绪上的波动，而做出某些让人憎恶的事情。叶拉金的情绪波动非常频繁：有的时候，他看上去非常开心，但是转瞬间，就会显得十分悲伤；有的时候，他明明在兴高采烈地说话，但是突然之间，就默不作声了；有的时候，他在前一秒还信心满满，但是忽然间，就会毫无理由地进行自我否定，觉得自己根本就没有未来……"

接下来，是骑兵大尉利哈廖夫对叶拉金的评价：

"作为我们的战友,叶拉金自始至终都是一个非常不错的、善良的人。只不过,他身上有一些古怪的地方,主要表现在:他偶尔会显得十分谦虚,根本不愿意将自己内心的真实想法说出来,然而,就在转瞬间,他会一个劲儿地显示自己的勇敢,什么都敢说出来,好像一点儿也不害怕似的……在杀害了索斯诺夫斯卡娅以后,他跑到我家里来,并向我坦白了这件事。紧接着,当谢甫斯基和科希茨刚一坐上马车,飞快地朝老城街驶去时,他就变得反复无常起来——有时会放声痛哭,有时又会无所顾忌地大笑,笑声中还隐含着一丝讽刺的意味。之后,他被逮捕了,然而就在去往监狱的路上,他突然露出了怪异的微笑,并和我们讨论起究竟该去哪间裁缝店制作常服呢……"

紧接着,是科希茨伯爵对叶拉金的评价:

"通常来讲,叶拉金拥有开朗、亲切的个性。他是一个神经略微敏感的人,主要表现为他非常容易兴奋,同时也非常容易冲动。因为天生拥有十分卓越的音乐才能,所以叶拉金几乎通晓所有的乐器,并且戏剧和音乐可以让他产生十分明显的情绪波动,常常会让他痛哭流涕……"

最后,剩余的证人对叶拉金也给出了基本类似的评价:

"虽然叶拉金是一个情感丰富的人,但是,他自始至终仿佛都在期待某种真实的东西出现,而它必定会一鸣惊人……"

"每当战友们聚在一起用餐时,他常常表现得十分高兴,甚至有的时候还会表现得十分亲热,简直让人有点儿忍受不了,无论对方是谁,他都会毫不犹豫地请对方喝香槟酒,正是因为这样,他是我们之中叫香槟酒最多的一个……只不过,当他和索斯诺夫斯卡娅确定恋人关系后,他从不愿在我们面前表现出自己对她的感情,并且在他身上也出现了非常明显的改变，比如他的心情总是高兴不起来，并且常常一个人深沉地思索，甚至总是扬言想要亲手结束自己的生命……"

以上资料，都是那些曾和叶拉金一起生活过的人给出的。坐在法庭上的时候，当我看到叶拉金的形象被描述得如此暗黑时，我忍不住思考：这位检察官究竟是从什么地方找来如此之多的黑料的呢？或者，在他手中还有别的什么资料吧？然而，并没有。无奈之下，我只能做出这样的假设——迫使检察官使用这些黑料的力量主要来自两个方面：一是公众对"不务正业的豪门子弟"所抱有的厌恶之情；二是法庭从一封由叶拉金撰写的信中摘取的某段话，当然，这封信是法庭所仅有的一封书信。事实上，这封信是叶拉金寄给一位友人的——他住在基什尼奥夫市。当提及自己目前的生活状况时，叶拉金在信中随手乱写道：

"兄弟，在我看来，横竖都是一条烂命，所以现在无论是什么，对我而言都毫无意义了！感谢上苍，今天我度过了一个美妙的夜晚，至于明天会发生些什么，我根本就顾不上。不是说一天之中早上是最重要的吗，那就等明早再看吧！如今，在这座城市里，我差不多是排名第一的酒鬼和笨蛋了，这么一看，我总算是出名了……"

现在看来，这位检察官之所以能够如此义愤填膺地进行诉讼，仿佛正是从叶拉金以上的自我评价中得出的。检察官进行了如下的陈述："即使这名女性早已将自己的一切全都给了叶拉金，然而，为了填补肉体上的欲望，叶拉金不仅杀害了她，甚至还抹杀了她最后的尊严——没有按照天主教的仪式来埋葬她，最终，让这名女性彻底变成人们议论的主角……"只不过，检察官的这番宏大的陈述，真的是从叶拉金的自我评价中得出的吗？事实并非如此，他仅仅是从叶拉金所写的这封信中，随意摘取了一段话，完全是以偏概全。

至于这封信,它的全文如下:

"亲爱的谢尔盖:你的来信我很早就收到了,如今才给你写回信,虽说有些晚了,但我又能怎么办呢?当你看到我的回信时,或许会产生这样的想法:'看看!这字迹实在是太潦草了,根本就是一只被墨汁染黑的苍蝇在纸上爬来爬去的作品啊!'唉,正如人们常常说的,虽然一个人的字迹称不上是一面镜子,但终究可以投射出这个人的个性,我能有什么办法呢?虽然我已经独自生活了两年时间,但我的身体再次被某种东西刻下了印记。如今的我依然十分懒散,就像过去那样,甚至可以说比过去更糟糕了。兄弟,这个世界上确实存在某种东西,即使是最聪明的所罗门也不能将它表达清楚!正是因为这样,如果有一天你知道我用枪自杀了,那你也千万不要感到惊讶。兄弟,在我看来,横竖都是一条烂命,所以现在无论是什么,对我而言都毫无意义了!感谢上苍,今天我度过了一个美妙的夜晚,至于明天会发生些什么,我根本就顾不上。不是说一天之中早上是最重要的吗,那就等明早再看吧!如今,在这座城市里,我差不多是排名第一的酒鬼和笨蛋了,这么一看,我总算是出名了。只不过,即使是在这样的状况下,我心中依然有一些别的念头,这样说你会相信吗?偶尔,我感觉自己的内心被某种力量、苦痛以及渴望所充斥,我渴望去实现所有美好而伟大的事情,总而言之,这种强烈的渴望简直快要撑破我的心脏,但鬼知道我到底在渴望着些什么。面对如今我所处的状态,你肯定会认为这和我的年纪有关,因为我还小,但是,我想问的是:为何那些和我一般大的人,根本就不会有这样的状态呢?眼下,我的神经极其敏感,简直敏感得有些恐怖:在寒冷的冬天,我时常会在半夜时分起床,然后骑马去大街上狂奔,根本不顾风雪和寒冷,要知道,当时我并没有喝醉,我的精神状态是十分清醒的，虽然警察早已看惯了世间的各种怪事，但是看到我这副模样，他依然会感到十分震惊。我迫切地想要找到某种难以企及的旋律——我似乎曾在某个地方听到过这种旋律，然而，即使我搜遍全城，却依然毫无所获！对你，我可以无话不说：我恋爱了，只不过，我喜欢上的那个女人，根本就不是城里到处可见的那种女人……算了，关于此事，还是少说为宜吧。你知道我住在什么地方，所以请记得给我回信。'俄国，骑兵少尉叶拉金收……'这是你曾说过的话，现在你还有印象吗？"

当检察官看完这封信（就算是仅有这么一封信）后，竟然还能说出"他们两人之间没有丝毫的共同性，是非法同居"这样的话，这实在是让人感到震惊！

八

索斯诺夫斯卡娅算得上是一个地地道道的波兰人，虽然她在去世时只有 28 岁，但比叶拉金年长。她的父亲原本是一个小官员，在她 3 岁那年自杀了。在那之后，她的母亲守了几年寡，接着就和另一个男人结婚了，这个男人同样是个无足轻重的官员，并且没过多久就去世了，于是，她的母亲再次守寡了。从这些资料中可以看出，索斯诺夫斯卡娅的家庭是非常贫困的，那么问题来了，在这样一种家庭环境下长大，索斯诺夫斯卡娅为何会拥有这样与众不同的心理特质呢？她又为何会对戏剧表现出这样浓烈的热爱（根据我们了解到的，在索斯诺夫斯卡娅的孩童时期，她就已经具备这种热爱了）呢？在我看来，这样的结果，根本不能归结于她的家庭教育，也不能归结于她在那所私立中学所受的教育。当然，值得一提的是，索斯诺夫斯卡娅的学习成绩挺不错。她也会在闲暇时间阅读很多书籍，并且就像大多数人一样，偶尔还会将自己喜欢的字句摘抄下来——因为从这些字句中，她常常能在某个侧面看到自己的影子，此外，她还会时不时写下自己的读书感悟和评论,甚至会在一张张小纸片上写下近似日记的内容。对于这些写在纸片上的日记,有的时候,她几乎会闲置好几个月;有的时候,她会将自己的梦想以及人生观胡乱地写在上面;有的时候,她又将洗衣女和女裁缝的账单等内容记录在上面。既然这样,那索斯诺夫斯卡娅到底摘抄了哪些名言警句呢?

"'人生最大的幸运有两个:一是并没有诞生到这个世界,二是过早地离世。'这种观念简直是无与伦比啊!"

"我的内心迫切地期待着某种超凡脱俗的东西,因为这个世间是无聊至极的……"

"'人们想要弄清楚的,只有那些将他们推落悬崖的苦痛。'缪塞[1]。"

"不会的,我永远都不会结婚的。几乎任何一个女性,都讲过这句话。只不过,从我口中说出的这句话,绝对是真实的,这一点,我可以向上帝以及死神发誓……"

"不管是在天上还是在人世间,再也不会找出一个东西,能够像爱情这样恐怖,这样动人,这样神秘的了……"

"母亲告诉我,与其为爱而结婚,倒不如为了钱财而结婚。什么,我竟然是因为钱财而去结婚的!尽管我还没有真正体验过爱情,但是在我看来,爱情是一个如此超凡脱俗的词语,它里边包含了无尽的苦楚和幸福!"

"正如同年幼的我在动物园里常见的情景一样,此刻,这个世界上正有数百万双眼睛盯着我,个个充斥着野兽般的欲望……"

---

[1]法国浪漫主义诗人,代表作品有《罗拉》《四夜》《西班牙与意大利的故事》等。——译者注

"'成为一个人,是没有任何价值的。成为一个天使,同样是没有任何价值的。即使是天使,也同样充满了不甘心,想要挣脱上帝的束缚。这样看来只有两种选择:一是成为上帝,二是什么都不是。'克拉辛斯基①。"

"'为了将自己的内心隐藏起来,她动用了生命的全部力量,既然如此,那此刻还有哪个人敢夸下海口——说自己早已触及她的内心呢?'缪塞。"

中学刚一毕业,索斯诺夫斯卡娅就向母亲坦白,说自己想要投身于艺术,并且早已下定决心。由于她的母亲是一个虔诚的天主教徒,因此对于女儿要去做戏剧演员这件事,一开始几乎是充耳不闻。然而早些时候,索斯诺夫斯卡娅就曾向自己的母亲透露过,她绝不愿意做一个普普通通的人,也绝不愿平平淡淡地走完一生,毕竟她不是一只任人宰割的羊羔,也绝不愿受制于他人。

刚满18岁的时候,她就独自前往利沃夫,并且没过多久,她就成功登上了舞台,接着就一炮走红了,可以说,她几乎毫不费劲地就实现了自己的梦想。很快,不仅观众将她视为名角,而且整个戏剧界也十分看好她。仅仅在舞台上表演了3年时间,她就收到我们这座城市发出的邀请,前来表演了。只不过,就算是在利沃夫,她依然像往日那样,在自己的笔记本里写下了类似的内容:

"'每个人都将她作为讨论的对象,甚至还会为她流泪、为她开心,然而,这之中又有哪个人,能够真正和她感同身受呢?'缪塞。"

"如果不是母亲还活着,那么很早以前,我就已经自行了结生命了。而这,就是我毕生所追求的愿望……"

---

①波兰诗人和剧作家,代表作品有悲剧《非神曲》《伊里迪翁》,以及长诗《诱惑》、圣体诗《信仰篇》《希望篇》《慈善篇》等。——译者注

"倘若我可以去郊外转转,那么当我看见那片美丽而又触不可及的天空时,我不晓得自己会做出怎样的举动。或许我会大声叫喊,会唱起歌来,会朗读,会流泪……会渴望爱情以及死亡……"

"对于自己如何离开这个世界,我会选择一种最优雅的方式。我会租下一间小房子,并拜托他们用黑纱布置整个房间。我会在隔壁房间,安排人来演奏乐曲,接着我会穿上一件素雅的连衣裙,躺在屋子中央,在我周围摆放着许许多多的鲜花,在这些花香的熏陶下,我走向了死亡。啊,这幅画面该是何其美妙啊!"

接下来,她所写的内容是:

"无论是谁,他们想要得到的,仅仅是我的身体,而并非是我的内心……"

"如果我拥有很多的财富,那么我就会环游世界,并向世间的一切施与爱意……"

"'对于自己想要获得的东西,人们是不是拥有足够的认识?对于自己所思考的,人们又是不是拥有足够的信任?'克拉辛斯基。"

到了最后,她写下了这样两个字:

"无赖!"

这个无赖所干出的事情,我们不用多想就能得知,那么,这个无赖究竟是指哪个人呢?除了确定有这个人存在外,我们别无所知。以证人身份出庭的扎乌泽——这是与索斯诺夫斯卡娅在利沃夫一起共事的人——这样表述道:"在利沃夫工作的那段时间,当她上台表演的时候,与其认为她穿着衣服,倒不如认为她是赤裸的。当认识的人或是仰慕者去她家做客时,她始终会穿上一件宽大无形的袍子,几乎是透明的,起不了任何遮挡的作用,两条腿就那样光溜溜地露出来。无论是谁,全都为她的姿色所倾倒。特别是那些最近才结识的人,更是表现得十分激动,简直快要发疯了似的。只不过,她往往会这样说道:'这两条腿是属于我的,你们用不着这么惊讶啊!'说完,她就把自己的大腿露了出来,特意让面前的人观赏。然而,就在同一时期,她又会频繁地向我哭诉,说没有谁能够和她给出的爱相匹配,并且她仅有的一个愿望,就是离开这个世界……"

就这样,"无赖"出现在她身边。在他的带领下,她去了君士坦丁堡、威尼斯以及巴黎游玩,甚至还常常去这个人的公寓——分别位于克拉科夫和柏林。这个人来自加里奇,是当地一个非常富有的地主。同样是以证人身份出庭的利斯基——他算得上是索斯诺夫斯卡娅的发小了,他说道:

"在我们那里,作为一个女人、一位女演员,就应该注意自己的言行举止,但索斯诺夫斯卡娅却一点儿也不注意自己的行为,所以我始终觉得,她就是一个不知廉耻的女人。她的眼里只有钱,并且她也只喜欢钱和男人。当她还是个小女孩的时候,她就为了钱把自己的身体给了那个加里奇的老男人——他简直就像一头老公猪似的,实在是太龌龊了!"

就在去世以前,当索斯诺夫斯卡娅和叶拉金在一起时,他们聊天的内容正是这头"老公猪"——她将这件事告诉了叶拉金。索斯诺夫斯卡娅随意地向叶拉金抱怨着,仿佛根本就没把这件事放在心上:

"不管是在我的家里,还是在这个世界上,我都是一个孤单的过路人,没有谁会关心我、照顾我,我就这样无依无靠地长大了……我也曾是一个天真烂漫的小女孩,但是在一个女人的怂恿挑拨下,我最终步入了歧途,至于那个女人,她的后代都会受到惩罚……到了利沃夫,我深深地爱上了一个男人,在我眼中,他就像是我的父亲一样,然而,这个人却是一个纯粹的无赖,现在只要一想到他,我就会感到恐惧!在他的教唆下,我学会了吸食大麻、学会了喝酒,后来,我跟着他去了君士坦丁堡,但没想到的是,那里有许多女人在等着他。到了那里以后,他就躺在这些女人中间,开始欣赏她们的裸体,甚至还强行扒光了我的衣服。他简直就是个无赖,无耻至极……"

九

没过多久，关于索斯诺夫斯卡娅的流言蜚语就在我们这座城市里传播开了，人们都在议论她。

"停留在利沃夫的那段时间里，"以证人身份出庭的麦什科夫讲道，"索斯诺夫斯卡娅就已经向很多人提出过这个问题——在与她睡一夜觉后，是否愿意和她一起自杀，同时，她还反复强调，说自己正在寻找一颗知道如何去爱的心灵。为了找到这颗懂得如何爱她的心灵，她经历了各种各样的困难。只不过，她往往又会这样声明：'我之所以会这样做，最主要的目的就是生存，以及享受生存。对于一个喜欢喝酒的人来说，他应该喝遍各种各样的酒。只有这样，他才不会被其中的任何一种酒醉倒。对一个女人来说，她也应该用这样的方式来对待各色男人。'这一点，她还真是做到了，因为她的确是这样对待每个男人的。"麦什科夫继续说道，"如果说她真的喝遍了世间的所有酒，那我表示怀疑，只不过，有一点我可以肯定，那就是从早到晚，她确实让这样一群酒鬼围在自己身边。也许，她之所以会有这样的举动，仅仅是为了吸引人们的注意力，好让他们去剧院里为自己增添人气吧。她曾说过：'在我眼中，钱财就像是粪便一样。虽然我非常渴望拥有钱财，甚至偶尔会十分小气，简直就如同贪婪至极的小市民一般。但是，自始至终我都没有考虑过和钱有关的事情，这一点我也想不明白。对我而言，眼下最关键的事情就是火起来，只要一火起来，无论是什么东西，我都会拥有的。'在我看来，她之所以常常将死亡挂在口头，正是为了让大家讨论她，从而让她火起来罢了……"

待在利沃夫的那段日子里，她就是这样的状态，等到了我们的城市，她仍旧是这个样子。虽然她又写了很多日记，但内容几乎和之前一样：

"我的天啊，这是何等乏味，何等烦恼啊！如果这个时候能够发生地震或是日食，将会有多刺激啊！"

"在某一天的黄昏，我走到了公墓区，啊，那个地方简直漂亮极了！我的内心仅仅感到……哦，不，对于这种感觉，我现在还无法将它表述出来。我几乎想要留在那里，在每个坟墓前朗诵，直到天亮，直到花光所有的力气，直到我去世为止。次日，我的表演大获成功，简直要比之前好太多……"

接着，她又写下这样的内容：

"昨天晚上10点钟的时候，我又去了公墓区。啊，眼前的画面是多么让人毛骨悚然啊！月光洒向地面，将一块块墓石和十字架照得通亮。虽然我感觉到自己身边仿佛聚集着好几千个鬼魂，但我的内心却是如此的快乐、美妙！我的心情变好了，简直不能再好了……"

她与叶拉金相识后，有一次，在聊天的过程中，叶拉金告诉她，自己团里的一位司务长去世了，她马上请求叶拉金带她去小教堂——死者的尸体就停放在那里。从小教堂返回后，她在自己的笔记中写下了这样一句话：" 因为看到了洒满月光的教堂以及死者的模样，我的内心获得了'惊心动魄的美妙回忆'。"

就是在那段日子里，她仿佛走火入魔了一般，虽然她已经吸引了人们的目光，并且变得非常出名，但是她依然不满足，甚至还想吸引更多的目光，变得更加出名。确实，她拥有十分漂亮的外表。和从天上来到人间的仙女相比，虽然她的姿色并没有多出众，但是在她身上存在着一种超凡脱俗的独特气质，以及一种让人捉摸不透的混合物——这是纯真与世故组合在一起的产物，显得既放荡不羁又安分守己。下面，请仔细瞧瞧她的照片，尤其是她流露出的神情：每当她与人对视时，始终会略微地皱起眉毛、缩紧鼻头、轻启嘴唇，表现出一副愁苦的样子，然而同时，她又会表露出一种饱含深情与撩拨的神态，似乎是答应去暗地里偷情了。对于她所拥有的姿色，她使用得非常巧妙。当她上台表演的时候，那些坐在台下的爱慕者之所以会被她迷得魂不守舍，主要是因为她常常扮演的角色——能够将她的身体毫无保留地展示出来，当然，除了这个原因，还有很多其他原因，比如她在舞台上懂得如何释放自身的全部魅力，又比如她宛如夜莺一般的悦耳声音以及迷人的身姿，再比如她在舞台上表现出的开心或悲伤等。只不过，到了家里的时候，尤其是在迎接那些络绎不绝的访客时，她身上始终穿着那种迷人心窍的服装——从风格上来说，是东方式与希腊式的。并且，她还会带着访客去参观那间她用来自杀的房间——死亡可以说是她最喜欢谈论的话题。在这间房间里，摆放着各种各样用来结束生命的东西——手枪、匕首、各种形状的军刀，甚至还有装满了五颜六色的毒药的瓶子。比这些更刺激的是，每当讲起各种结束生命的方式时，她总是会猛地将挂在墙上的那把手枪拿下来——里面早已上好了子弹，接着，她就会将枪头对准太阳穴，然后对访客喊道："快点儿亲我，否则我马上开枪，死在你面前！"有时候，她又会将一颗毒性猛烈的药片放到嘴边，然后责令访客立即跪地亲吻她那赤裸的双脚，否则她就会将毒药吞下去。虽然每每面对她的这些行为时，这些访客都会被吓个半死，但是等到离开以后，他们又会对她产生更加痴迷的爱意，并将她的这种怪异的举动散播到各个地方，几乎被整座城市知道，不过，对索斯诺夫斯卡娅来说，这样的结果正是她梦寐以求的……

"通常来讲，她从来没有将自己的真情实感表现出来。"以证人身份出现在法庭的扎连斯基说出了这样的证词。多年以来，他始终陪在索斯诺夫斯卡娅身边，成为她的知心朋友。"对她而言，撩拨和玩弄早已变得不再稀奇。她最值得骄傲的技能，就是能让人为她疯狂——只需要她那饱含深情的神秘的眼神，以及她那隐含了某种深意的微笑，或是像个孩子一样的哀叹。在和叶拉金相处的时候，她正是动用了这样的技能。有时候，她所表现出的热情会让叶拉金激情澎湃，而有时候，她所表现出的冷漠又会让他感到寒冷无比，就如同被泼了一盆凉水……既然如此，那么问题来了——索斯诺夫斯卡娅到底想不想自杀呢？实际上，她渴望活着，并且十分惧怕死亡。她的性格生来就是外向活泼的。时至今日，我依然能想起当她收到叶拉金送的那张白熊皮时的情形。那个时候，现场刚好有许多访客。只不过，由于她实在是太喜欢那张熊皮了，于是就将那些访客全部抛之脑后了。接着，她将那张熊皮放在地板上，根本顾不上周围有没有人，就开始翻起跟头来，甚至还摆出了许多复杂的动作——恐怕体操运动员看到后，也会甘拜下风吧……哎，她真的是一个充满魅力的女人，简直让人神魂颠倒啊！"

不过，依然是这个名叫扎连斯基的人，再次向我们表明：索斯诺夫斯卡娅往往会毫无预兆地感到悲痛,甚至会产生轻生的念头。在她去利沃夫以前,由于患了肺痨病,医生谢罗舍甫斯基在那个时候就已经开始为她治病了,这么算来,他们认识有10年时间了。在法庭上,医生谢罗舍甫斯基以证人的身份表述道:这段时间,索斯诺夫斯卡娅表现出十分明显的健忘状态和幻想状态——这是因为她得了神经官能症,他对此感到非常担忧,害怕她的病情会演变为精神分裂症。除了上述提到的这位医生,还有一位名叫舒马赫尔的医生在为索斯诺夫斯卡娅治疗神经官能症。每一次就诊的时候,她都会向舒马赫尔医生做出承诺,承诺自己绝对不会自杀的(有一次,她从医生这里借走了两本书——是叔本华[①]的作品。她极其仔细地阅读了这两本书,然而最让我诧异的是,直到这件事发生以后,我才意识到她竟然对这两本书有着如此深刻的理解)。此外,一位名叫涅德泽利斯基的医生,以证人的身份做出了如下的表述:

"她简直就是一个奇怪的女人!每一次,当亲朋好友全都坐在一起时,她往往会表现得非常高兴,并且一个劲儿地展示个人魅力。只不过,偶尔她会突然默不作声,使劲翻着白眼,接着就会将脑袋埋到桌子上……再或者,她会将酒杯、茶杯扔到地板上……如果遇到这种状况,最好的处理方式,就是马上向她发出恳求——太棒了,请你继续摔,继续摔!这个时候,她就会马上停下来,不再乱摔乱砸了。"

就是这样一个"令人神魂颠倒的女人",最终,还是在缘分的作用下,和骑兵少尉亚历山大·米哈伊洛维奇·叶拉金相遇了。

[①]德国著名唯心主义哲学家,代表作品有《作为意志和表象的世界》《附录与补遗》等。——译者注

十

那么，他们两个究竟是如何走到一起的呢？他们两个对彼此抱有怎样的感情，怎样的看法，甚至他们是如何亲密接触的呢？针对以上的问题，叶拉金本人曾做出两次回应。第一次是对侦查员说的，当时距离他用枪杀害索斯诺夫斯卡娅仅仅过了几个钟头，只不过，这次回应非常简洁，并且是断断续续的；第二次回应，是在接受复审的时候说的，也就是在初审结束后的第三个礼拜。

"没错！"叶拉金承认道，"对于索斯诺夫斯卡娅的突然去世，我是负有责任的，只不过，我并不是故意要杀害她，而仅仅是在完成她的意愿……

"半年以前，在陆军中尉布特贝的引见下，我和她在剧院的售票房前相遇了。我对她抱有十分强烈的爱意，并且我始终坚信，她对我也抱有相同的爱意。然而，对于她向我表现出的爱意，我并不能每时每刻做出确定。这是因为有的时候，在我看来，她简直比我爱她还要爱我，然而有的时候，我又会产生完全相反的感觉。另外，时常会有一群爱慕者出现在她身边，而她不仅不避讳，反而和他们眉来眼去，这不仅让我萌生了强烈的醋意，而且还给我带来了无尽的痛苦。只不过，从根本上来说，最终将我们两个人推向绝境的，并非是我内心的醋意，而是另一种东西——至于这种东西到底是什么，我难以说清楚……

"有一点我需要说明，那就是在去年2月的时候，我和她在剧院的售票房前见面了。在那之后，一直到10月以前，虽然我会去她家里看望她，但我总是在白天的时候去，并且每个月顶多去两次。到了10月，我坦白了自己对她所抱有的喜爱之情，并且在她的准许下，我第一次亲吻了她。过了一个星期，我和她，还有我的战友沃罗申，一同驾车去郊外，准备去那里的一间餐馆吃晚饭。在返程的路上，虽然当时车上除了我和她别无他人，并且当时她已经有些微醉，她看上去是如此的欢乐、亲切，但我却不敢面对她，更别说是亲吻她的手了。之后有一次，她在我这里借走了一本诗集——是普希金的作品集，当她看到《埃及之夜》那首诗时，突然向我提出了这样一个问题：和您心爱的女人睡一夜觉后，您是否有胆量走向死亡？我立即回答——我有胆量。听了我的答案，她的脸上绽放出一丝浅笑，显得十分神秘。那个时候，我已经完全沦陷在对她的爱意之中，并且我也早已预知——对我而言，这份感情将会是非常危险的，甚至有可能会对生命造成损害。就这样,我们之间的关系变得越来越密切，而我也越来越频繁地向她表达爱意，甚至告诉她：在我看来，我本人早已步入死亡的道路了……先不说其他的因素，就单单是我的父亲，不管怎样，他都不会同意我们两个的婚事，再加上她是一个来自波兰的女演员，在没有结婚以前，她的同胞是绝对不会允许她和一个俄国军官住在一起的，因为这违反了法律的规定。对于她自身的命运,她同样充满了怨恨!同时,她也对自己那颗捉摸不透的内心感到怨恨,当我向她表达爱意,以及提出她是不是同样爱我的问题后,她并不直接回答,而总是会以对自身的怨恨来给予我希望,让我相信我们之间存在密切的联系……

"在那之后,也就是从今年 1 月开始,我每天都会去她家。我向她所在的剧院送去了花篮,向她家里送去了新鲜的花束以及礼物……我向她赠送了两把曼陀林、一张白熊皮、一枚戒指以及一个钻石手镯,除了这些,我还打算送她一个胸饰——看上去就像是一个骷髅。对于这个象征死亡的骷髅,她简直喜欢极了,并且之前多次向我提及,希望我将这个胸饰送给她——在这个胸饰上,刻着一句法文:'Quand meme pour toujours!'

"在 3 月 26 日那天,我收到了她的请帖,她邀请我去她家里享用晚餐。吃过晚饭后,她将自己的身体给了我,这是我们第一次……就在那间被她叫作日本风格的屋子里。从那以后,每次结束晚饭后,她都会吩咐女仆休息,接着,我们就会在那间屋子里幽会,一直都是这样的。再往后,她直接给了我一把钥匙——是那间屋子的,它的房门刚好正对着楼梯……我们特意定做了一对订婚戒指,并且按照她的想法,在戒指里边刻上了我们名字的缩写字母,以及 3 月 26 日这个日期,因为在这一天,我们第一次在一起……

"有一次,我们驾着车赶往一个位于郊区的村庄,在那里有一座天主教堂,当我们走进去后,我在十字架前向上帝发誓:我愿意一生一世爱着她,她就是我的妻子,我必将永远地忠诚于她。当时,她就在我身旁站着,并没有说一句话,像是在思考着什么,看上去十分愁闷。之后,她以一句干练的话向我表白道:'我同样爱着你,Quand meme pour toujours!'

"5月伊始的时候,某天晚上,我去她家享用晚餐,席间,她突然取出一个装着鸦片粉的瓶子,然后对我说:'想要离开这个世界,实在是太简单了!只要撒上一点儿这个东西,立马就能死了!'说完,她就朝一个酒杯里撒下了鸦片粉——里面装着香槟酒,接着,她把这个酒杯端到了嘴巴附近。我看到后,立马将她手里的酒杯抢了过来,然后猛地将酒洒向壁炉,并弄碎了酒杯。次日,她告诉我:'昨天晚上本来要发生一场悲剧的,但最终却演变成了一场闹剧!'接着,她又补充道:'我自己根本没有这么大的勇气自杀,你同样很胆小,根本帮不了我,这下可让我如何是好啊……唉,实在是太过分了!'

"在那之后,由于她告诉我,以后的每个晚上,我再也不能去她家里了,于是我们相见的次数明显变少了。这到底是因为什么呢?我感到万分痛苦,几乎快要失去理智了。更过分的是,她突然开始十分冷漠地对待我,完全不同于之前。并且她还时不时地数落我,一个劲儿地嘲讽我没有个性,甚至有的时候,当她出来迎接我时,那样子简直就像我们是初次见面一样……只不过,或许是由于我懂得了控制自身,同样以一种冷漠、疏远的态度来对她,因此很快,她的态度又猛地出现了转变——愿意和我一起驾车外出,愿意和我相恋……最终,她向我提出了租一套单独进出的公寓的要求,目的是让我们有一个专门用来幽会的地方。只不过,对于这套公寓的位置,她提出了如此的要求——公寓必须位于偏僻的道路旁,整栋楼看起来必须是破旧、阴冷的,并且一点儿也不能透光,最重要的是,公寓必须按照她的想法进行装修……至于这套公寓最终装修成的样子,我想你们或许早已了解了……

"就这样,公寓终于租好了,在6月16日那天,准确一点儿的话,是在下午4点钟的时候,我去她家告诉她这个消息,同时还给了她一把公寓的钥匙。然而没想到的是,她冷冷地笑了一下,然后就将那把钥匙退了回来,接着告诉我:'这件事,我们改天再说吧。'这时,门铃突然响了起来,一个名叫什克里亚列维奇的人出现了。于是,我赶忙将那把钥匙塞进口袋里,接着又将聊天的内容转到其他无关紧要的事情上去了。后来,我和那个叫作什克里亚列维奇的人准备一起离开,就在道别的时候,她站在门厅那里,朝这个人大喊道:'礼拜一的时候,请你再过来吧。'至于我,她则凑到我的耳朵旁边,轻声细语地说道:'明天下午4点的时候,你再来找我。'她轻声说话的声音是如此的悦耳动听,我简直快要晕厥了……

"次日,按照她嘱托的,我在下午4点准时出现。然而,让我感到意外的是,当厨娘打开房门后,却递给我一封信,并且告诉我,索斯诺夫斯卡娅没有办法招待我,这着实让我感到吃惊!在这封信中,她说她的身体不是很舒服,因此去她母亲住的别墅里去了,顺便陪陪她,并且她还写到'如今已经太迟了'。我像是丢了魂魄一样,跟跟跄跄地来到旁边的一家糖果店,在那里,我写了一封回信给她——信中的言辞十分激烈,甚至有些恐怖,打算让她向我说明'如今已经太迟了'到底所为何意。接着,我花钱找了个人去送信,然而没过多久,这个人就把信原封不动地带回来了,原因是收件人并不在家。这个时候,我就此肯定她是想和我完完全全地撇清关系,老死不相往来,于是我赶忙回到家里,再次给她写了一封信——在这封信中,我不仅愤怒地指责了她对我的戏耍,而且还责令她将那枚订婚戒指退还回来。对她而言,那枚订婚戒指仅仅是一个饰品罢了,但对我而言,它极其宝贵,甚至未来当我去世以后,它要和我一起进入坟墓。我之所以写出这些话,目的只有一个,那就是让她明白:从现在起,我和她彻底结束了,并且除了死亡,我没有其他的选择。

此外，我还将自己保存的她的一张照片、她给我写的所有信件以及任何和她有关的东西——两只手套、几个发卡、一个帽子——全部打包起来，连同那封信一起寄给了她……只不过，由于她本人并不在家，因此那封信以及那个包裹全都交给了一个负责打扫院子的人，由他代为转交，当然，这是勤务兵后来告诉我的……

"黄昏的时候，我去观看杂技表演，在那里遇到了那个名叫什克里亚列维奇的人。由于我这个人非常害怕孤独，因此虽然我和他只有一面之缘，但我还是邀请他一同去喝香槟酒。没想到，这个什克里亚列维奇竟会对我说出以下的内容：'虽然我不知道是因为什么，但很明显的是，您的心情并不是很好。不过，请您一定要相信我所说的一切，那个女人根本就配不上您，您没有必要因为她而伤心。她几乎戏弄了每个人，对于这种痛苦的感受，我们早就深有体会……'在那个时候，我的心情不仅没有让我做出任何过激的行为——我恨不得马上拔出军刀，一下子将他的脑袋砍掉，而且我也没有打断他的话，反而因为他的出现暗自开心，因为我总算遇到了一个可以理解并体谅我的心情的人。时至今日，我依然没有想清楚，当时的我到底是怎么回事，在面对他的贬低时，我不仅没有只言片语的反驳，而且根本就没有提及索斯诺夫斯卡娅。然而即使这样，最终我竟然带着他去到老城街，向他展示了那套用来幽会的公寓——在选择这套公寓的时候，我内心充满了深厚的情感。在那个时候，我之所以会觉得痛不欲生、羞愤至极，仅仅是因为她在公寓这件事上玩弄了我……

"从那里离开后，天空突然下起了细雨，我们赶忙乘上了一辆马车，一路上我不停地要求马车夫加快速度，想要尽快去到那家名叫涅维亚罗夫斯基的酒馆。当马车飞速地往前奔跑时，伴着窗外传来的雨滴声以及不远处闪烁着的灯光，我突然感到一阵害怕和悲伤。半夜时分，我和什克里亚列维奇从酒馆走了出来，然后回到住处，正当我脱完衣服打算入睡时，勤务兵急匆匆地出现，并将一张字条递给了我。这是她写的字条，上面写着她正在大街上等我，让我马上下楼见她。她乘着一辆轿式的马车，身旁还带着她的那位女仆。当她看到我后，告诉我她之所以和女仆一起来这里，是因为她害怕我会发生什么不好的事情，同时也害怕她一个人根本应付不过来。之后，我嘱托勤务兵将那个女仆送回去，至于我，则和她一起坐在马车上，朝着老城街驶去。一路上，针对她对我的戏耍，我指责了她。然而她并没有回应，而是一直望着前方，偶尔用手擦拭着泪水。虽然这样，她的情绪却显得十分平静。慢慢地，我的情绪也平静了，这是因为受到了她的感染。当我们来到目的地时，由于她十分喜欢这套公寓，因此她早就乐开了花。就这样，为了恳求她的宽恕，我将她的手握了起来，恳请她将那张照片还给我——那是我在冲动之下犯的错。实际上，我们两个人时常会吵架，只不过，每一次都是以我恳求她的宽恕而告终。到了凌晨3点钟的时候，我送她回家去。然而，就在回家的路上，我们再次吵了起来。她低头坐在车上，两只眼睛一直盯着自己的脚看，我无法看清她的面孔，仅仅能闻到从她身上散发出来的香水味，耳畔则回响着她那尖酸刻薄的指责：'你根本算不上一个大男人！我可以为所欲为地控制你，要么让你生气，要么让你消气，你简直没有一点儿个性可言。倘若我是个男人，在面对像我这样的女人时，我肯定会将她碎尸万段！'这个时候，我终于再也无法忍受了，于是我愤怒地朝她大吼道：'既然你这么认为的话，那请你拿走这枚戒指！'话音刚落，我就蛮横地将那枚订婚戒指戴到她的手指上。直到此时，她终于转身看向我，露出一脸娇羞的微笑，然后对我说道：'明天你来找我吧。'我并没有答应，而是告诉她我再也不会来找她了。这时，她突然感到一阵愧疚，于是赶忙小心翼翼地向我恳求道：'不可以，你一定要来找我……就在老城街。'接着，她又向我解释起来，语气十分坚定，'不可以，我很快就要出国了，求求你一定要来找我，我之所以想见你最后一面，是因为我有很重要的事要对你说。'随后，她突然痛哭着说道：'明明是你亲口承诺的，你说你会永远爱我，如果没有我的话，你就会去自杀，但是现在，就连最后一面你都不愿意来，这真的让我难以接受……'听到这里，我只好极力控制自己的情绪，然后告诉她：既然这样的话，那等到了明天，我会告诉她我什么时间有空。来到她的住处后，我们在雨中相互道别。就在那个时候，我心中对她所抱有的爱意几乎让我的心四分五裂了。当我回到自己家后，发现那个名叫什克里亚列维奇的人正在睡觉，当时我的心里突然泛起一种既古怪又憎恶的感觉……

"次日一早，也就是6月18日的那个星期一早上，我派人给她送去一张字条，上面写着：从中午12点开始，我就有时间了。接着，她给我回复了一张字条，上面写着：6点，就在老城街那里。"

十一

　　索斯诺夫斯卡娅的那位女仆——她的名字叫安东尼娜·科万科，以及她的厨娘——名字叫旺达·利涅耶维奇，以证人的身份出庭表述道：就在星期六，也就是 16 日那天，索斯诺夫斯卡娅打算弄卷她额头上的头发。然而就在她点燃酒精灯后，却不小心将那根还没有熄灭的火柴扔到了她身上穿着的那件薄纱质地的袍子上，于是，那件袍子一下子燃烧了起来，索斯诺夫斯卡娅吓得高声大喊起来，边脱衣服边灭火。总而言之，她被吓惨了，直接瘫坐在床上。我们只好将医生请到家里来为她诊治，在这件事发生以后，她总是反反复复地念叨着：

　　"这就是灾难来临前的预兆，很快就会有灾难发生了，你们等着吧……"

　　这个女人是如此可爱，却又如此可怜啊！这次意外起火的事，以及她所表现出的如同孩子一般的被惊吓，着实打动了我，让我感到亢奋。正是因为有了这件小事，竟然在那些我们在她还活着的时候听到的话，以及那些在她去世以后我们在法庭和别的场所听到的话——这些话是自相矛盾的，并且是十分片面的，早就让人听得厌烦了——之间建立起某种古怪的联系，这让我突然有了思路，明白了其中的奥妙所在。当然，也正是因为这件小事，我眼前突然出现了一个生动而又逼真的索斯诺夫斯卡娅。虽然人们一直对她充满了兴趣（就如同对叶拉金充满兴趣一般），迫切地想要探知她的内心，甚至整整一年时间，她都成了人们口头议论的对象，但是自始至终，根本就没有谁能够真正地走入她的世界，真正地了解她。

总而言之，我需要重申一遍的是：人们的评判力实在是太狭隘了，简直到了令人诧异的地步！当人们在研究某件事情时，就算仅仅是一件无足轻重的事情，也总是能凸显出他们的缺陷——看见了当作没看见，听见了当作没听见，对于这起凶杀案，他们的处理方式同样是这样的。明明有这么多显而易见的事实资料，但人们却不管不顾，仿佛是成心用假象来让公众分不清是与非，成心想将发生在叶拉金与索斯诺夫斯卡娅之间的事情肆意扭曲，能做到这个份儿上，也真是有劳他们了！就像是事先商量好了的一样，人们根本不提及别的内容，而是一致认定这起凶杀案就是一件因爱而起的风流案。在他们的眼中，身为骠骑兵的叶拉金就是一个酒鬼、一个爱忌妒的人、一个风流的浪子，而索斯诺夫斯卡娅，则是一个搔首弄姿、风流成性的女戏子，对于发生在他们之间的事，根本就不值得去耗费脑力……

"沉迷酒色、打架斗殴、开房嫖娼。"对于叶拉金，人们给出了这样的评价，"他身上原本拥有的所有美好品德，全都随着他的军营生活而消失了……"

嚯，美好的品德，甚至还包括沉迷于喝酒！但是，像叶拉金这种个性的人,为何要沉迷于喝酒呢,对于这一点,人们是否真的认真思考过呢?"偶尔,我感觉自己的内心被某种力量、苦痛以及渴望所充斥,我渴望去实现所有美好而伟大的事情,总而言之,这种强烈的渴望简直快要撑破我的心脏,但鬼知道我到底在渴望着些什么……我迫切地想要找到某种难以企及的旋律——我似乎曾在某个地方听到过这种旋律,然而,即使我搜遍全城,却依然毫无所获!"正是因为这样,他才会沉迷于喝酒,以此消解心头的忧愁。当喝醉了以后,虽然人会感到昏昏沉沉的,但能变得畅快、舒心一点儿,并且在这种迷醉的状态下,那些原本难以企及的旋律,听上去仿佛更加清楚了,就像是触手可及一样。只不过,若是这种迷醉的状态、那阵旋律以及这份感情全都变成一场空时,除了加重对这个世界以及生活的哀愁和无力感外,还会造成怎样的影响呢?

"其实,她根本就不喜欢他。"对于索斯诺夫斯卡娅,人们展开了这样的讨论。"因为他动不动就以死相逼,所以她会感到害怕,也才会回到他身边,换句话说,就是他的自杀不光会让她的内心受到煎熬,更会让她变成这件风流案的主角。实际上,她对他早就没了感觉,以至'产生了一定的憎恶之情',这都是有证可循的。当然,她终归是将自己的身体献给了他呀。然而,这又能表明些什么呢?难道得到她身体的人还不够多吗?只不过,唯独叶拉金硬是要将这部她酷爱上演的爱情剧——已经表演过无数次了,最终以悲剧收场……"

除了这些,人们还对她进行了如下的评论:

"渐渐地,他越来越强烈地展现出自己的醋劲儿,不仅非常令人恐惧,而且毫无分寸可言。至于她,同样对他的这种忌妒之情感到害怕。有一次,一个名叫斯特拉昆的男演员来拜访她,当时他也在她家里。最开始的时候,他安安静静地坐在那里,看上去非常镇定,然而没过多久,他的醋劲儿就爆发了,脸色一下子变了。就在那时,他突然起身,快步朝隔壁房间走去。她看到后,赶忙跟了进去,只见他将那把手枪握在手中,于是她赶忙跪地乞求,求他不要伤害自己的身体,也求他体恤体恤她的心情。类似这样的状况,在他们两个人之间发生了很多次。在经历了这样频繁的忌妒以后,为了挣脱他的纠缠,她最终决定去国外生活(就在她去世以前,出国前的所有事宜都早已办妥了),这个决定难道不是情理之中的吗?显而易见的是,为了拖延时间,她才会向他提出租公寓的要求,这样一来,她就不需要在自己家里招呼他了,同时也为自己的出国找到了一个很好的借口。当他将那把钥匙交给她的时候——正是那套位于老城街的公寓的钥匙,她当时并没有收下。然而他不同意,非要让她收下。于是,她留下了那句"如今已经太迟了",其实她想表达的真实含意是:'如今我马上就要离开你了,所以这把钥匙对我而言,没有丝毫的用处。'就这样,他给她寄去了一封满是胁迫的信,当她看到这封信后,简直快要被吓死了,认为他已经自杀了,于是赶忙乘车去到他的住处……"

对于这件事,暂且认为它确实是这样吧(虽然和叶拉金交代的内容相比较,以上的推断是截然不同的)。然而,叶拉金究竟是出于怎样的理由,才会表现出如此"令人恐惧""毫无分寸可言"的醋劲儿呢?到底是出于怎样的理由,他硬是要将这部喜剧变成悲剧呢?究竟是因为什么才会让他做出这样的举动呢?既然这么爱吃醋,那么为何他不趁着某次醋劲儿爆发的时刻,索性一枪了结了她的性命呢?"杀人者和被杀者之间,根本没有出现任何的打斗痕迹",这到底是因为什么呢?况且,"有的时候,她甚至会对他产生一定的憎恶之情……在有别人在场的情况下,她常常会当众数落他,并且为他起了一些外号——比如弯腿的小巴狗,这令他的自尊心大受伤害……"但是,我的上天啊,通过以上的这番话,不是刚好能对索斯诺夫斯卡娅的全部个性有所了解嘛!需要明确的是,从她在利沃夫记录的日记中,依然能找到一段涉及她对某人的憎恶之情的表述:"如此说来,他依然是喜欢着我的!但是,我呢?我对他抱有怎样的感情呢?我对他的感情,是爱与恨的结合!"这样看来,难道她瞧不上叶拉金吗?并非如此,有一次,她与叶拉金发生了争执——对他们两个而言,吵架几乎是习以为常的事情了——于是她一边愤怒地将那位女仆喊了出来,一边将手上的那枚订婚戒指扔到地上,然后朝女仆大吼道:"赶快将这个破烂玩意儿扔出去!"然而,在这之前,她又做了哪些安排呢?原来,在扔掉那枚戒指以前,她偷偷跑去厨房告诉女仆:"等会儿我会喊你出去,到时候我会把这枚戒指扔到地上,并命令你将它拿去扔掉,但是,有一点你必须牢记,那就是,这一切都仅仅是一场闹剧,这枚戒指是我和这个笨蛋的订婚戒指,它对我而言极其珍贵,甚至再也无法找出比它还珍贵的东西了,所以你绝对不能将它扔了,而是应该马上将它还给我才行……"

人们为她起了一个"轻浮的女人"的绰号,这是合乎情理的,至于天主教会将她看作"娼妇",不愿意让她以基督教徒的仪式入土,同样是合情合理的。和那些妓女、以卖身为生的女人相比,她的天性几乎和她们完全一样。只是,这到底是怎样的一种天性呢?这种天性,是和永不知足——它不仅无比贪婪,而且还明目张胆地呈现出来——联系在一起的。那么,为什么会有这样一种天性存在呢?我哪里能想得明白呢?我只不过是想给大家提个醒,部分男人很可能属于返祖类型(不同的男人,其表现出的返祖程度也各不相同),

这是一种十分繁复但相当有意思的类型，从本质上来说，这种类型的男人是极其敏感的，他们会密切地关注女人及其自身的处事态度，由于这类男人拼尽全力所追求的就是这样的女人，因此他们很容易变成爱情悲剧中的男主角。那么，为何会出现这样的结果呢？难道是因为这类男人的品味低俗，因为他们沉迷于女人的姿色，因为这种女人很容易得手吗？当然不是这样的，这一点可以百分之百地确定。为什么说不是上述的那些原因呢？先不说别的因素，单单以下面的这个状况为例，就能充分加以证实了！属于这一类型的男人，能够十分准确地感知到，如果和那种女人交往或是发生关系，不仅会为自己带来一定的痛苦，而且有时候还是非常恐怖的，以至会牺牲自己的生命。只不过，虽然他们如此清楚地感知到了，但依然沉迷于寻找那种女人，换句话说，就是他们明知道会经历痛苦甚至为之丧命，但依然奋不顾身地去寻找这份痛苦，简直就如同飞蛾扑火一般。那么，这又是为何呢？

当死亡之期似乎就要到来时，她迫使自己相信这一切，并且留下了这封遗书，但实际上，她仅仅是在表演一场喜剧罢了。无论是她所写的哪一篇日记，还是她所写的墓地见闻，全都表明她仅仅是在表演一场喜剧而已。另外有一点需要申明，那就是她的那些日记，实在是太无趣了，同时也太天真了……

就像是大家都认可她乐于将自己比作玛丽娅·巴什基尔采娃[1]或是玛丽娅·维切拉[2]，对于她所写的那些日记和墓地见闻，没有人愿意承认它们不是天真的，不是矫揉造作的。但是，究竟是出于怎样

---

[1] 俄国著名女画家，代表作《日记》成为俄国的经典畅销书籍，最终因肺结核而去世。——译者注
[2] 曾和奥地利皇太子相恋，最终因无法结成夫妻而一起自杀，震惊全球。——译者注

的理由，她非要以这两个女性为模仿对象，并且非要写下这种风格的日记呢？无论是美丽的外表、青春的活力，还是财富、知名度以及成千上万的追捧者，她全都拥有了，并且痴迷地沉醉其中。只不过，在这个世界上，能够让她感到心满意足的事情几乎找不出一件来，因此她的生活总是充满了苦闷，几乎没有一刻不渴望逃离这个令人憎恶的世界。那么，这又是出于怎样的原因呢？事实上，之所以会出现各种各样的苦闷，全都是因她而起的。然而，为什么由她而起的不是别的东西，而是无尽的苦闷呢？难道正如她们所说的那样，但凡投身于艺术的女人，常常会陷入如此的状态吗？既然如此，她为何常常会陷入如此的状态呢？这到底是为什么呢？

十二

星期天早上，7点刚过一点儿，她就醒来了，比之前早了很多，接着她就在卧室里按响了铃声，传唤女仆进屋。很快，女仆端着一杯为她备好的巧克力茶走了进来，而后替她拉开了卧室的窗帘。她静静地坐在床上，就像平时那样稍稍皱起眉头、嘴唇微微张开着，目不转睛地盯着女仆的动作，神情看上去有些呆滞，似乎在心里思考着什么事情。接着，她告诉女仆：

"昨天晚上医生刚一离开，我就立马睡过去了，这你知道吗？噢，圣母玛利亚啊，我差点儿就被吓死了！当然啦，看到医生出现后，我那颗悬着的心终于放下来了。睡到半夜的时候，我醒来了，于是赶忙跪在床上，向上帝祈祷了一个钟头……如果我浑身上下都烧起火来，那我将会变得何等丑陋啊！整张脸都贴着药膏……两只眼睛被烧模糊了，嘴巴被烧肿了，无论是谁，只要一看到我，肯定会被吓到的……"

那杯巧克力茶已经放在她面前很长时间了，但她始终坐在床上冥思苦想，根本没顾得上尝一口。不久后，她将这杯巧克力茶喝完了，然后就去洗澡了，等洗完澡以后，她穿着一件浴袍，披头散发地走出来，一直走到那张小桌子前边，桌上摆放着她很早前定制的用于丧事的信纸——信纸周围镶有黑色的边，接着她就坐在那里写了若干封信。当她整理好仪容后，先是享用了早餐，然后就乘车去看望她那住在别墅里的母亲。等她回到家时，已经是夜里11点多了，她身边多了一位同行者——正是那位名叫斯特拉昆的男演员。一直以来，斯特拉昆都将"索斯诺夫斯卡娅的家视为他自己的家"。

"他们两个人回来的时候，看上去都很高兴。"女仆回忆道，"他们两个刚一出现在门厅，我就立马将她带到一旁，然后告诉她，在她外出的时候，叶拉金派人送来了一封信和一个包裹。她听到后，赶忙悄声对我说道：'赶快找个地方，把那个包裹藏起来，千万不能让斯特拉昆发现！'接着，她就将那封信打开，还没看几行字，她的脸色就突然变得惨白，根本顾不上正坐在会客室里的斯特拉昆，而是无比惊恐地大喊一声：'我的天啊，快去找辆马车，快去！'于是，我赶忙跑出去找马车了。等我返回时，发现她早已站在大门口等候了。就这样，我们乘着马车飞快地往前赶，途中她不停地在胸前比画着"十"字，并且嘴里反反复复地念着：'哦，圣母玛利亚啊，请保佑他，拜托一定要活着啊！'"

星期一的早上，她很早就起来了，然后乘车去游泳，就在滨河浴场那里。那天中午，斯特拉昆来她家里享用午饭，同行的还有一个来自英国的女人（说起这个女人，她是索斯诺夫斯卡娅请来的英语老师，几乎每天都会过来，却没能讲过一次课）。用完午餐后，这个英国女人离开了，而斯特拉昆却继续停留了一个半钟头。他在那张沙发床上躺了下来，将脑袋放在女主人——她"身上仅仅穿着一件袍子,赤裸的脚上套着一双人字拖"——的膝盖上,而后抽起烟来。之后,斯特拉昆终于决定离开了,她向他发出邀请:"今夜 10 点,再来看我。"

"这样是不是太频繁了?"斯特拉昆正在门厅那里找他的手杖,同时一脸笑意地对她说道。

"嚯,怎么会呢,你一定要来,一定要来!"她回答道,"只不过,倘若我刚好外出了,你可千万不能生气啊……"

在那之后,她往壁炉里扔了一些信件和纸张,烧了很久才结束。接着,她一边哼着歌曲,一边和女仆打趣道:

"既然这次我命大,没有被火烧死,那么我就把这些无足轻重的东西统统烧掉!只不过,如果这次我被烧死了,那就再好不过了!当然啦,既然要烧的话,那就必须烧得干干净净的,连一根骨头都不能剩下……"

之后,她又补充道:

"现在我要去外面办点儿事情,你去吩咐旺达,就说晚饭务必要在 10 点前准备好……"

下午 5 点左右,她带着一个小纸包出门了,看上去里面似乎裹着一把手枪。

她乘着车朝老城街出发了,途中,她特意拐到一间裁缝铺去,这是一个名叫列辛斯卡娅的女裁缝的店面,她早已将那件薄纱质地的袍子修补好了——就是礼拜六早上差点儿被烧坏的那件袍子。根据女裁缝列辛斯卡娅的回忆:"那天,索斯诺夫斯卡娅对每个人都表现得十分亲切,她的心情看上去非常不错呢。"在认真检查了一番那件修补好的袍子后,她将它塞进了那个随身携带的纸包里,只不过,由于裁缝铺里有很多年轻的女裁缝,因此她并没有马上离开,而是继续留了一阵，并反反复复地默念着：" 哦，圣母玛利亚啊，我差点儿把正事给忘了，各位亲爱的天使，我必须马上离开了。"虽然这样说着，但她依然一动不动，继续坐在那里。最终，她总算是起身了，虽然哀叹了一声，但马上兴高采烈地说道：

"再见了，列辛斯卡娅夫人，再见了，亲爱的天使们，非常感谢你们的陪伴。我每天都和那群男人往来，简直快要厌烦了，如今能在像你们这样温馨的女人堆里待上一阵，我真的是发自内心地高兴！"

走到门口的时候，她再次转过身来，微笑着朝每个人点头示意，接着才离开了……

那么，究竟是出于什么原因，她会将一支手枪带在身边呢？其实，这支手枪的主人是叶拉金，但是由于她担心叶拉金会用它自杀，因此始终将它留在自己身边。"只不过现在，因为她很快就要出国了，并且永远不会再回来了，所以她决定将这支枪还给叶拉金。"检察官这样表述道，接着，他又补充道：

"就是这样，她朝着这个会让她丧命的幽会出发了，并且她根本就没有预料到自己会因此而丧命。那天晚上 7 点，她朝那套位于老城街的公寓——14 号 1 室——走了进去，接着，房门就被关上了，一直到了 6 月 19 日那天清晨，这套公寓的房门才再次被打开。那么，在那天晚上，在这套公寓里，到底发生了些什么呢？对于这个疑问，除了叶拉金本人，再也没有谁可以回答了。既然如此，那就让我们再来听听叶拉金的说明吧……"

十三

就这样,所有参加这次审判的人,包括密密麻麻地坐在旁听席上的那些群众,全都安静下来,再次共同聆听了起诉书中的若干内容——在检察官看来,让所有人加深对这些内容的记忆,是十分必要的——至于这些内容的末尾,则是叶拉金的辩白:

"6月18日那天,也就是星期一,我差人送了一张字条给她,上面写着:从中午12点开始,我就有时间了。接着,她给我回复了一张字条,上面写着:6点,就在老城街那里。

"我到达老城街的时候,刚好是下午5点45分。我随身捎带了一些下酒菜和酒水——两瓶香槟酒和两瓶黑啤酒,此外,我还带过去了两个玻璃杯以及一瓶香水。虽然我很早就到了,但她一直到晚上7点才出现,这让我白白等了好长时间……

"她进屋以后,先是随意地亲了我一下,接着就去里边的那个屋子里。当她把那个随身带来的纸包扔到沙发床上后,就对我说了句法语:'我要换衣服了,你先回避一下。'于是,我就出去了,一个人在外边的那间屋子里待了很长时间。当时的我意识依然是清醒的,只不过,我的内心感到异常苦闷,并且隐约觉得死亡即将来临,一切马上就要告一段落了……值得一提的是,当时整个房间里的氛围同样显得异常怪异:我清清楚楚地知道,这两间屋子没有窗户,但此时外边是白天,太阳还没有下山,美丽的夏日傍晚正在进行,但是,当我坐在那片灯光下时,却感觉到一片漆黑,就如同早已是半夜时分了……很长一段时间,她都没有喊我进去,而我也根本就不知道她在那里做些什么。里边的那间屋子静悄悄的,没有发出任何的响声。最终,她总算是发出了一声呼喊:'好了,现在你可以进来了,进来吧……'

"她整个人在那张沙发床上躺着,微微皱起眉头,表现出一副愁闷的样子,两只眼睛始终盯着那盏吊在天花板上的灯,她的身上只穿着一件袍子——就是那件薄纱质地的袍子,两只脚赤裸着。她随身带来的那个纸包早已被打开,里面放着我的那把手枪,它就这样出现在我的眼前。我向她问道:'你为什么会把这个东西带过来?'她并没有马上回答,而是沉默了一会儿,然后才回答道:'不为什么……我马上就要去国外了嘛……这把手枪就放在这里吧,你千万别把它带到家里去……'就在那一瞬间,一个让我感到恐惧的想法突然从我的脑海里闪过:'不是这样的,一定是因为什么事情,所以她才会把枪带到这里来!'虽然我这样想着,但我一句话也没再多说……

"在那之后,我们之间突然变得尴尬起来,即使是聊天,也非常牵强和冷漠,这种状态持续了很久。那个时候,我的心情极其亢奋,由于我清楚地知道,这或许会成为我们最后的相会,最起码我们会分开很长一段时间,因此我一个劲儿地思考着某件事,一个劲儿地希望自己的意识可以立马集中起来。只有这样,我才能和她聊一些十分重要的内容。然而,无论我如何努力,却总是感觉自己正处于一种崩溃的状态,几乎连一句话都讲不出来。这个时候,她突然对我说:'你要是想吸烟的话,就吸吧……'我问她:'但你不是不喜欢我吸烟吗?'她回答道:'不会的,对我而言,到了此刻,无论是什么,全都无足轻重了。给我倒一杯香槟酒吧……'一听到她想要喝杯香槟酒,我立马开心起来,就如同这件事可以让我们两个人因此获救一般。短短几分钟的时间,我们就喝完了一整瓶香槟酒,这时,我在她身旁坐下,一边亲吻着她的手,一边向她坦白:如果她离开了,我会承受不住。她一边用手抚摸着我的头发,一边漫不经心地对我说道:'没错啊……我无法和你结婚,这实在是太悲惨了……除了天主会保佑我们外,几乎任何一个人都向我们投来敌意……我喜欢你的内心,也喜欢你的想象力……'这个地方,她为何会使用'想象力'这个词语,我本人同样想不明白。接着,我盯着那个如同伞一般的灯罩——它就位于我们的脑袋上方,然后我告诉她:'你看啊,我们两个的姿势,就仿佛睡在坟墓里似的。这是何等的宁静啊!'听了我的这句话,她并没有回答,而是露出了一个悲伤微笑……

"晚上 10 点钟左右,她突然想吃东西了。于是,我们来到了外边的那间屋子里。不论是她还是我,几乎都没怎么吃东西,反倒是喝了很多的酒。就在这时,她看了一眼那些我带过去的下酒菜,猛地高声责备道:'笨蛋,怎么又买了这么多东西,真是个傻子!下一次,绝对不能这样了!'面对她的责备,我这样回应道:'既然提到了下一次,那它究竟是在什么时候呢?'听到这个提问,她的脸色一下子变了,她匆匆地看了我一眼,然后就低下脑袋,两颗眼珠子不停地向上翻。接着,她悄声嘟囔道:'耶稣啊,圣母玛利亚啊,这可让我们两个人如何是好呢?我实在是太想念你了,简直快要失去理智

了！你快和我一起入睡吧！'

"过了一阵，当我拿起表看时，发现已经深夜1点左右了。她对我说道：'我的天啊，已经到这个点了，不行，我必须赶快回家。'然而，她的身体却纹丝不动地躺着，并补充道：'或许你不知道，虽然我的身体无法动弹，但我的直觉却表明，我必须马上离开这里才行。此外，我的直觉还表明，我是无法离开这里了。你就是我的死对头、我的厄运，你是上天的旨意……'至于她为什么将我视为上天的旨意，我本人也无法理解。或许正如同她本人后来所写的那句话'我并不是心甘情愿赴死的'，此刻她想表达的正是这个意思。在你们看来，她之所以会写下这样一段话，是因为她想要向人们证明，当时的她根本没有力气和我抗衡。然而，在我看来，她真正想要证明的，却是另外一个含意，那就是：我和她的悲剧式的相识相知，其实根本就是命中早已注定的，同时也是上天的旨意。至于她的去世，并非是她的个人意旨，而是上帝的安排和旨意。然而，对于她的古怪言行，我早就习以为常了，因此那个时候，我并没有觉得她的这句话另有他意。在那之后，她突然对我说：'你这里有铅笔吗？'当时我感到非常纳闷，这个时候她突然找起铅笔来，究竟是想做什么呢？虽然我感到奇怪，但还是将铅笔给她了——刚好就放在我的笔记本里。紧接着，她又让我为她找来一张名片。之后，她就开始在上面写起字来，我看到后，忍不住对她抱怨道：'嘿，在我的名片上给别人写字条，这样做是不是不太恰当啊？'她回应道：'这是我给自己写的，根本就不是别人，还有，你最好不要再烦我了，让我一个人好好思考一下，打个哈欠。'说完，她就将那张写满了文字的名片放到自己的胸脯上，然后闭上双眼睡觉了。突然间，四周陷入了死一般的寂静，在这样一种状态下，我几乎落入了类似冬眠的境地……

"像这样的状态,大概持续了半个小时之久。忽然间,她一下子睁开了眼睛,然后毫无感情地对我说道:'差点儿忘记了,我之所以来找你,主要是想把那枚订婚戒指还给你。昨天你不是要和我划清界限吗,这可是你亲口说过的话。'说完,她就起身坐了起来,然后将那枚戒指扔到了墙壁上的那块搁板上。接着,她几乎是叫喊着对我说道:'你的所作所为,难道还是喜欢我的表现吗?你竟然会认为我依然能活下去,就像是什么事都没有发生一样,对此我实在是难以理解!我是一个女人,根本没有勇气做出这样可怕的决定。比起死亡,我更害怕在这个世界生活下去,害怕继续忍受无尽的痛苦,这个时候,身为男人的你,就应该有足够的胆量,用手枪结束我的生命,接着再结束你自己的生命。'就这样,我更加清楚地认识到,原来此时的我和她早已陷入了一种恐怖的绝境之中,根本找不到任何的出路,最终的结果,就是我们不得不采用某种偏激的方式,来从这种绝境中逃脱。然而,如果非要让我结束她的生命——哦,不,在我看来,这件事我是永远都无法做到的。此时,我的直觉向我传达的另一个讯息,也就是我的死期已到来。于是,我举起了那把手枪,并将机头掀开。她看到后,一下子跳起来,然后高声吼叫道:'干什么?难道你只想结束自己的生命?!不可以,绝对不可以,我向耶稣发誓,不管怎样,这都是不可以的!'接着,她就一把将我手里握着的那把手枪抢过去了。

"就这样,我们两个再次陷入了沉默,简直让人痛不欲生。我依然坐在床上,而她则一脸呆滞地躺着。就在这时,她突然喃喃自语了几句,是用波兰语说的,几乎听不太清楚,接着,她告诉我:'把那枚属于我的订婚戒指还给我。'于是,我将那枚戒指放到她手里。之后,她又对我说道:'你的那枚戒指也要!'于是我赶忙将手上的戒指摘下来，然后递给了她。接下来，她将那枚属于她的订婚戒指戴在自己的手上，然后又让我将那枚属于我的戒指戴到手上，而后对我说道：'无论是过去，还是此刻，我自始至终都深爱着你。虽然你被我折腾得快要发疯，简直痛不欲生，但是，这就是我的个性，这就是我们两个人所要面对的安排。帮我把那条裙子拿过来，顺便再拿些黑啤酒进来……'我先将那条裙子递给她，接着就去外边的屋子里拿黑啤酒，当我再回来时，发现她身边放着一个小瓶子，里面装着鸦片粉。就在这个时候，她一脸坚定地对我说：'听好了。从现在起，这场喜剧已落幕了。没有我的陪伴，你是否能继续生活下去呢？'我马上告诉她不能。接着，她又对我说道：'没错，你的内心以及你所有的意识，全都被我夺走了。既然这样，那么你敢自杀吗？倘若你敢，那么就请你一并将我带走。失去了你，我同样无法继续生活下去。等你一枪结束了我的生命，那么在你去世以前，你就能确定我终究是彻彻底底地归你所有了，并且将会永永远远地归你一人所有。但是此刻，你应该先听听我的故事……'说完，她再次躺到床上，然后默不作声了好一阵，终于在情绪稳定以后，开始不紧不慢地对我说起她的故事，是从孩童时期说起的……至于她到底讲了些什么，现在我一点儿印象都没有了……"

十四

"我忘记的事情里，还包括这样一件事，那就是我们两个人之中，最先写遗书的人到底是谁……我把那支铅笔掰成两截，刚好一人一截……就这样，我们俩开始写各自的遗书，中间没有任何的交流。印象中，我最先写下的那封遗书，似乎是寄给我父亲的……这个时候，你们肯定会感到纳闷，对于我和她成亲这件事，哪怕是只有一次，我都从来没考虑过恳求他的赞同，既然这样，那么我又有什么理由来指责他，说是他'埋葬了我的快乐'呢？对此，我根本无法解释清楚……反正无论我如何恳求他，他自始至终都不会同意这件事情的……在那之后，我给同属一个团的战友们写了一封遗书，向他们正式道别……之后，我还给哪个人写遗书了呢？对了，我给团长也写遗书了，希望他可以让我风光地入土。这个时候，你们肯定又会产生一个疑问：由此看来，那个时候的我，真的确定自己可以亲手结束自己的生命吗？答案是肯定的。既然如此，那到了最后，为何我并没有自杀呢？对此，我本人也无法解释……

"至于她,在我的印象中,由于她往往会提着笔思考,因此整体上写得非常慢;尤其是每当她写出一个字后,总是微微皱起眉头,而后目不转睛地盯着墙壁发呆……将写好的遗书亲手撕碎的人,并不是我,而是她本人。每当她写好一封遗书,就会随即将它撕碎,然后顺手扔掉……在如此宁静的深夜里,在如此昏暗的灯光下,我们两个竟然会写下这些没有任何意义的遗书,在我看来,这要比待在坟墓里恐怖得多,简直令人毛骨悚然……只不过,想出写遗书这个办法的人,正是她。总而言之,在那天晚上,只要是她提出的要求,我全都一一照做,一直到她生命结束为止……

"忽然间,她告诉我:'好了好了,既然决定了,就赶快行动起来。赶快把黑啤酒递给我,圣母玛利亚,请您保佑我吧!'我为她倒了一杯黑啤酒,接着,她起身坐起来,而后毫不犹豫地将鸦片粉撒进酒杯里。她喝了大半杯,接着就让我把剩下的酒喝完。这么看来,我其实喝得并不多。然而她喝了很多,并且很快就感到一阵疼痛,身体不停地扭动起来,一边紧紧握住我的手,一边连声哀求道:'就是现在,快开枪,快一枪打死我吧!求求你了,念在我们曾是恋人的分上,一枪打死我吧!'

"我真的这样做了,具体的行动步骤到底是怎样的呢?印象中,我似乎是用左手将她揽入怀中,没错,肯定是左手,接着,我就深深地吻住了她的嘴巴。她对我说:'就此诀别吧,就此诀别吧……也许,我们并不会就此诀别,而是还能再次相遇,在这个俗世之中,我们无法成为夫妻,那就在世界的另一边、在天堂里……'我将自己的身体紧紧地依偎在她身上,然后用手指扣动了那把手枪的扳机……时至今日,我依然清楚地记得,在那个时候,我的身体跟着颤抖了一下……紧接着,那根扣动扳机的手指也莫名其妙地颤抖了一下……

临死之前，她还用波兰语对我说了声：'亚历山大，我的心上人！'

"这件事，具体是在什么时间发生的呢？根据我的回忆，大概是在凌晨3点的时候。那接下来的两个钟头里，我又做了哪些事情呢？可以确定的是，其中的一个钟头被我用在了去利哈廖夫家的路上，我是徒步走过去的。至于剩下的时间，最开始的时候，我始终在她身边坐着，接着，我就开始整理她的尸体以及房间，为什么会这么做，似乎没有任何的缘由。

"那么，为什么最终我没有一枪结束自己的生命呢？其实我也没有想清楚，最后我竟然把这件事给遗忘了。从她在我面前去世的那一刻起，这个世界上的所有事物，全都被我抛到九霄云外去了。我就那样傻傻地守在她身边，两只眼睛死死地盯着她看，根本没有眨一下，之后，虽然我开始整理她的尸体和房间，但当时的我是麻木的，根本没有一点儿意识……我曾向她承诺，会在她去世以后，用枪结束自己的生命。既然我答应了，就一定会做到的，但没想到的是，我却被一种对所有的一切都失去关心的情绪给掌控了，于是我违背了对她的承诺……就算是此刻，对于我依然在世这件事，我所持有的态度始终是漫不经心的。只不过，对于人们将我视为一个行刑者，我表示反对。不是这样的，我绝对不是一个行刑者！或许，在面对人间的法律以及上帝时，我是一个有罪之人，然而在面对她的时候，我确信自己是没有任何罪过的！"

1925年9月11日写于法国阿尔卑斯滨海省

伊凡·亚历克塞维奇·蒲宁作品年表

1870 年　10 月 10 日在俄罗斯的沃罗涅日市出生。

1887 年　创作诗歌《献在曼德逊的墓前》。

1891 年　发表了第一部诗集《在露天下》。

1895 年　发表短篇小说《荒野》。

1900 年　发表短篇小说《安东诺夫卡苹果》。

1901 年　出版诗集《落叶》。

1903 年　翻译出版美国诗人朗费罗的长诗《海华沙之歌》。10 月 19 日荣获由俄罗斯科学院授予的普希金奖。

1909 年　第二次获得普希金奖,当选俄罗斯科学院院士。

1910 年　第三次获得普希金奖,发表中篇小说《乡村》。

$\frac{1911}{1912}$ 年　创作中篇小说《干旱的溪谷》。

1912 年　发表短篇小说《最后一次幽会》。

1915 年　发表短篇小说《旧金山来的绅士》。

1925 年　出版中篇小说《米佳的爱情》。

$\frac{1927}{1933}$ 年　侨居法国后,在巴黎《俄罗斯报》上陆续发表了《阿尔谢

　　　　尼耶夫的一生》。
1933 年　获得诺贝尔文学奖。
1943 年　出版短篇小说集《暗径》。
1950 年　创作了《回忆与描写》。
1953 年　11 月 8 日在巴黎去世。